5分後の隣のシリーズ

5分後に恋の魔法が解けるまで

before the love spell breaks

一番星見つけた

written by Manami Aoi
眞波蒼 著

Gakken

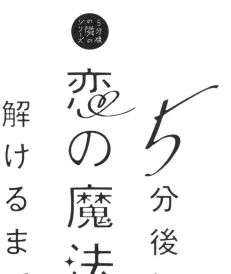

contents

一番星見つけた　006

恋はコーヒータイムのあとで　028

忘れないで　048

好きだなんて言わない。　062

遠くまで続く想い　080

帰り道にあたためて　102

似合《にあ》うもの、似合《にあ》わないもの　120

すべて、空に溶《と》けてしまえ。　140

恋愛デビュー　154

素顔のきみと　172

e spell breaks

恋の期限が終わったら…… 188
恋人の味VSおふくろの味 206
帰り道が怖《こわ》くないように 222
わたしが好きな人 238
いつの間にか…… 252
その涙《なみだ》は誰のもの？ 268
バイバイ、初恋。 284
贈《おく》り物《もの》の秘密《ひみつ》 304
きみと、手をつなげたら…… 318

Before the lo

＊印のついた作品は、巻末（袋とじ）のQRコードからアクセスし、音声ドラマを聴くことができる作品です。

音声の聴き方

✦本書では、収録した作品のうち、11編について、
「音声ドラマ」を聴くことができるしくみになっております。
（「もくじ」ページで、印をつけた作品）。

✦音声は、左記の方法で聴くことができます。
（CDなどはついていません）。

1

巻末（の袋とじ）ページの中に、QRコード（URL）が記載されていますので、
そこからアクセスしていただきます。

2

アクセスした先には「電子リーフレット」があり、1作品につき2ページで、
写真と作品概要で誌面が構成されています。

3

誌面の中のタイトル下に、「動画サイト」へのリンクがあります。
そこから動画サイトにアクセスし、音声を聴くことができるようになっています。

*電子リーフレットや音声（動画サイト）へのアクセスは、書籍の購入者だけの特典となります。
本書に記載されたQRコードやURLを、無断で第三者に譲渡、流布することを、かたく禁止いたします。
もし上記に違反する行為を発見した場合、当該者は、法的に責任を負うことがあります。

写真撮影／宮坂浩見（電子リーフレット、音声動画サイト背景）、LAPONE ENTERTAINMENT（帯）
デザイン／久保田紗代（書籍、電子リーフレット）　カバーイラスト／たま　本文イラスト／佐々木メエ
編集協力／原郷真里子、横田綾乃、飯塚梨奈　音声協力／巻末にまとめて記載　DTP／四国写研

before
the love spell
breaks

一番星見つけた

わたしが初めて昴《すばる》と出会ったのは、高校の天文部でだった。わたしの通っていた中学には天文部がなかったから、高校生になったら絶対に入ると決めていた。

そうやって念願《ねんがん》かなって入った天文部に、わたしと同じタイミングで昴も入ってきたのだ。

最初は、同じ新入部員であるだけの昴に対して特別な感情はなかったけれど、自己紹介で彼の名前を知った瞬間《しゅんかん》、がぜん興味がわいた。

「昴《すばる》って名前、ご両親も、天文好きなの？」

昴は、プレアデス星団の和名である。そう尋《たず》ねたときの昴の表情は、今でも忘《わす》れられない。

ぱあぁっと、まるで地平線から朝日が射《さ》した瞬間《しゅんかん》のように、いっぺんに顔つきが変わったのだから。

「そうなんだ！　俺が生まれた夜、空にプレアデス星団がよく見えたからっていうだけの理由で父さんがつけたんだけど、それを知ったら、自分と同じ名前の星のことが気になっちゃって。気づいたら、昴だけじゃなくて、星とか宇宙とか、ぜんぶ好きになってたんだよね」

そう言って嬉しそうに笑《わら》った昴の口もとからは、ひかえめな八重歯《やえば》がのぞいていた。

まっすぐな黒髪は大人しそうな印象だが、笑うと見える八重歯が無邪気さも感じさせる。

宇宙や星を好きな人間に悪い人はいない、というのが私の持論だ。

「わたし、佐伯結子《さえきゆうこ》。『結ぶ』に『子ども』で、ゆうこ」

わたしが改めて自己紹介すると、昴は「結ぶ？」とつぶやいて、目を丸くした。なんだろうと思ったわたしに、昴がまた、あの笑顔を——八重歯の見える嬉《うれ》しそうな笑顔を見せた。

「最高の名前だね！」

「え？」

「だって、星を『結ぶ』と星座になるだろ？　俺も、きみも、夜空を見上げるために生まれてきたんだよ。きっと」

——きっと、その瞬間《しゅんかん》に、わたしは昴に恋をしたのだ。

天文部に入部した日から半年くらい経《た》って、わたしたちは付き合い始めた。わたしたちが話すことといえば、夜空のことばかり。一緒《いっしょ》にいる時間のほとんどを、宇宙《うちゅう》や星の話で費《つい》やしたと思う。

初めて手をつないだのは、学校帰りに見つけた一番星の下だった。

初めて昴からもらったプレゼントは、北斗七星がデザインされたネックレスだった。

初めてキスをしたのは、3回目のデートでプラネタリウムに行ったときだった。

わたしたちは、いつも星と一緒だった。もちろん、昴と一緒にテーマパークに行くのも楽しかったし、2年のときの修学旅行だってほかの高校生カップルと同じように楽しんだけど、結局、2人で宇宙や星の話をしている時間が、一番満ち足りている。

そういうときの昴の顔は、夜空に散りばめられた星屑《ほしくず》よりも、キラキラと輝《かがや》いていた。そんな昴を見ているだけで嬉《うれ》しくて、幸せで、だからあえてわたしは、星の話ばかりをしていたのかもしれない。

そんな付き合いを続け、わたしたちは3年生になった。いよいよ、自分が決めた進路に向かって本格的に歩み出す時期だ。

「昴と一緒の大学に行けるかな……」

目下《もっか》のわたしの不安は、それだ。

昴は、宇宙の研究をするために、大学院まで進学することをすでに視野に入れている。わたしも、どんな仕事に就《つ》きたいのかはまだ決められていないけど、とにかく宇宙や星に関わる仕事をしたいと思っている。だから、わたしたちが進学先に選んだ大学は同じ、東京にある、宇宙分野の教育や研究に強い大学だ。

昴と一緒に、同じ大学に通う――そんな未来を想像すると心がむずがゆくなるくらい、わくわくする。でも、その次に心を襲《おそ》うのは猛烈《もうれつ》な不安だ。

「昴が合格して、わたしだけ落ちちゃったら、どうしよう……」

「大丈夫《だいじょうぶ》だって！　結子も、がんばって勉強してるだろ？　信じて続ければ、きっと2人で合格できるよ。来年の春からは、絶対、一緒に同じ大学に通える。それで、それぞれの夢《ゆめ》をかなえるんだ。そう信じよう。星に願いを、だよ」

昴がそう言ってくれる。それだけで、自信とやる気が満ちてくる。

「そうだね。わたし、絶対合格する。昴と同じ大学に通う！」

「うん。結子と一緒にキャンパスライフなんて、今から楽しみだよ。東京での一人暮らしは、ちょっと不安だけど、結子がいたら、寂《さび》しくないね」

「あ、じゃあさ！　いっそ、一緒に住んじゃう？」

「えっ⁉」

冗談《じょうだん》のつもりで言ったのに、昴はがばっと両目を見開いた。少し遅《おく》れて、その顔が赤く染《そ》まり始める。その様子がかわいくて、まんざらでもなさそうなことが嬉《うれ》しくて、少し恥《は》ずかしくて、わたしは自分の肩《かた》を昴の肩に軽くぶつけて、ごまかした。

まだまだ暑い時期なのに、気分はもう、来年の春の桜の色に染《そ》まってゆくようだった。

＊

「――え？　今、なんて……」

わたしの口からこぼれたつぶやきは、呼気《こき》と一緒《いっしょ》に白く凍《こお》って、灰色の空に溶《と》けていった。

目の前では昴が、痛《いた》みをこらえるように唇《くちびる》を噛《か》みしめ、半分閉《と》じた目を伏《ふ》せている。こんな表情で昴が冗談《じょうだん》なんか言わないことを、わたしは知っている。そもそも、昴がそんな悪趣味《あくしゅみ》な冗談《じょうだん》を言うはずがない。

「父さんが、倒《たお》れたんだ。しばらくは働けないと思う。だから俺——大学には、行けない」

年が明け、志望大学の入学試験が刻一刻《こくいっこく》と迫《せま》る、ある日のことだった。

「脳梗塞《のうこうそく》で、倒《たお》れて……家で倒れたんだけど、でも、倒れたときに、俺も母さんも家にいなくて、発見が遅《おく》れて……それで、後遺症《こういしょう》が残っちゃったんだ」

話すうちに、昴の表情がどんどん悲しい色になっていく。その表情を見ているうちに、わたしの胸《むね》までしめつけられて、きしみ始めた。

「これから、リハビリが始まるけど、その間、父さんは働けないし、リハビリが終わったあとも、どうなるかわからないって……。母さんだけじゃ、父さんの看病《かんびょう》をしながら事務所を切《き》り盛《も》りするのは、難しいと思うんだ」

そう言って、昴はギュッと拳《こぶし》を握《にぎ》りしめた。

昴の家は、小さな工務店《こうむてん》だ。昴のお父さんが社長で、お母さんが経理を担当していて、ほかに数名の従業員《じゅうぎょういん》がいる。社長が倒《たお》れて、後遺症《こういしょう》が残る状態となれば、今ごろ皆《みな》パニックになっているに違《ちが》いない。

「だから俺、大学はあきらめる」

まるで自分に言い聞かせようとするかのように、昴が続ける。

「俺、事務所を手伝うことにするよ。高校を卒業したばっかりで父さんの代わりになれるとは思ってないけど、あんな状態の父さんを母さんひとりに任せっきりにできないし、会社も、つぶすわけにはいかないから。俺、体力ならあるから、少しは役に立つかなって」

「で、でも、それじゃあ昴の夢《ゆめ》は？　大学院で宇宙の研究をするっていう昴の夢は――」

「大学に行くのは、今でなくてもいい」

そう言って、わたしのことを見つめてくる昴の目には、すでに決意の灯《ともしび》が見えた。

「時間はかかるかもしれないけど、リハビリをすれば、父さんだってまた働けるようになるかもしれない。また父さんと母さんでやっていけるようになったら、そのときにもう一度、大学を目指すことだってできる」

淡々《たんたん》とした語り口は、けっして揺《ゆ》らがない。わたしには、昴の決意を変えることはできないのだと、理解するしかなかった。家業の経営が関わっているとなると、部外者のわたしが口出しできるはずもない。昴のお父さんとお母さんだけでなく、わたしも会ったことのある、工務店の従業員の人たちの生活だってある。「彼氏と同じ大学に通いたい」というわたしの夢は、彼らの境遇《きょうぐう》に比《くら》べたら、じつにささやかなものだ。ワガママを言うことはできない。

「そっか……。正直に言えば残念だけど、おうちのことが一番大事だもんね」

「……うん。ごめん」

「昴が謝《あやま》ることないよ！　昴は何も悪くないんだから。ね？」

「うん……。でも、ごめん」

繰《く》り返《かえ》し、苦しそうに謝《あやま》る昴を見ていると、ますます胸《むね》がギシギシときしむ。

そんな悲しい顔をしないで。これから昴は大変かもしれないけど、できることなら、その大変ななかでも笑《わら》っていてほしい。それは部外者の勝手な願いかもしれないけれど、好きな人に少しでも笑顔《えがお》でいてほしいと願うことは、罪《つみ》なことではないはずだ。

だからわたしは、あえて気楽な表情と口調を装《よそお》って言った。

「でもそうなると、春から遠距離恋愛《えんきょりれんあい》になっちゃうね。今までは毎日会ってたから、なんだか実感わかないなぁ……。きっと、しばらく会えないよね。月に何回くらい会えるのかな。わたし、すぐに寂《さび》しくなっちゃいそう。あ、まずはわたしが大学に合格しなくちゃいけないけど」

えへへ、と、できるだけ無邪気《むじゃき》に見えるように笑《わら》う。昴が、少しでも笑ってくれたらいいなと思いながら。

なのに、昴は笑わなかった。その顔には、表情らしい表情が一切《いっさい》浮《う》かんでいなかった。

ごめん、と、もう一度、昴がわたしに謝《あやま》る。


「俺、結子とは別れる」


「……え？」

何を言われたのか、わからなかった。いや、わかりたくなかった。

「え、え、なんで？　別れるって、なんで？　離れちゃうけど、今までどおり付き合っていくことはできるでしょ？」

思わず、昴の腕《うで》にすがりつく。昴の目に見える決意の灯《ともしび》が揺《ゆ》らぐように祈《いの》りながら。

でも、昴はわたしを拒絶《きょぜつ》するように、首を横に振《ふ》った。

「これから、父さんが……家が、どんな状況になるかわからないから。そんな中途半端《ちゅうとはんぱ》な状態で付き合うことはできない。きっと、結子にとっても負担《ふたん》になる」

「ならないよ！　昴の邪魔《じゃま》にならないように、わたし、待つから！　会いに来るのが負担だったら、しばらくの間、我慢《がまん》するから……。昴がわたしに会えるようになるまで、わたし、ずっと待って――」

「それじゃ、だめなんだ！」

初めて耳にする昴の大きな声に、わたしはビクッと肩《かた》を震《ふる》わせた。強張《こわば》ったわたしの手を、昴が乱暴《らんぼう》に振《ふ》り払《はら》う。行き場をなくした手を、気持ちを、わたしは宙《ちゅう》にさまよわせるばかりだ。

「俺のことを気にかけてたら、結子の勉強の邪魔《じゃま》になる。俺は、結子の邪魔をしたくないんだよ。結子のことが、大切だから。結子に、俺の分まで夢を叶《かな》えてほしいから」

そう言って、昴が今日初めての笑顔《えがお》になった。これまで何度もわたしに安らぎと幸せを感じさせてくれた笑顔なのに、今日だけは、途方《とほう》もなく遠い。目の前にいるのに、さっきまで触《ふ》れていたはずなのに、もう、わたしの手は昴に届《とど》かないのだ。夜空に燦然《さんぜん》と輝《かがや》く星々をつかまえられないのと、同じように。

ぽつりと、足もとに雫《しずく》が落ちた。雨の予報は出ていなかったはずなのに、わたしに見える景色はこぼれ落ちる雫《しずく》の向こうで、ひどくゆがんでいた。

「わたしも、東京に行くのをやめるって言ったら……？」

すがるような声で、とっさにそんなことを口走ってしまった。結子、とわたしの名前をつぶやく声が、少しだけ困《こま》ったように震《ふる》えた。これでは、ワガママを言う子どものようだ。そして、ワガママな子どもに言い聞かせるように、昴が言葉をつむぐ。

「そんなこと言わないで……。結子には東京に行ってほしい。宇宙に関わる仕事がしたいって言ってただろ？　そのためには、大学でしっかり勉強しなきゃ。俺の分まで、って言うと重荷《おもに》かもしれないけど、結子には、こんな形で夢をあきらめてほしくない。だから、お願い」

――俺と別れて、東京に行ってください。

その言葉を残して、昴はわたしの前から姿《すがた》を消した。

わたしは泣《な》いた。夕暮れ空の下、声を上げることもなく、ただボロボロと涙《なみだ》を流した。頭の上には皮肉にも、昴と初めて手をつないだあの日と同じように一番星が輝《かがや》いている。大好きなはずの星を、空を、初めて、憎《にく》いと思った。

昴がわたしのことを大切に想ってくれていることは、わかった。胸《むね》が痛《いた》くなるくらい、よくわかった。わたしの邪魔《じゃま》をしたくない、負担《ふたん》になりたくないという理由も、理解することはできる。

それでも、「離《はな》れたくない」と言ってほしかった。「俺のそばにいてほしい」と、手を握《にぎ》ってほしかった。

きっとそれが自分勝手なことだと昴は思ったのだろうけれど、恋なんて、もともと自分勝手なものだ。わたしが昴と別れたくないと強く思うのも、わたしの自分勝手。だから、昴も自分勝手でいいから、わたしのことを求めてほしかった。

「行くな」と、ただ、その一言を、昴の口から聞きたかった。

実際に言われていたとして、わたしが東京の大学をあきらめたかどうかは、今の頭では考えられない。ただ、それでも、「北極星と北斗七星みたいに、ずっと一緒にいようね」と、夜空を見上げて交わした言葉にウソはなかったと、信じていたかった。

こんな恋は、もう二度とできないだろう。

＊

——あの恋から、もう何年経っただろう。

あのあと、わたしは志望大学に合格し、1人で上京した。昴と別れたショックで受験が手につかなくなるのではとも思ったが、そんなことを昴は求めていないとわかっていたから、失恋の痛《いた》みにかたくなにフタをして、受験に集中したのだ。今考えれば、よくできたなと思う。

大学を卒業したわたしは、一度、一般企業に就職したのだが、夢をあきらめきれなくて退職し、とある地方都市の天文台に転職した。給料は下がったが、星空が美しくて有名な町で、訪《おとず》れた人たちに宇宙や星の魅力《みりょく》を伝える仕事は、とても楽しくてやりがいがある。宇宙に関わるという憧《あこが》れの仕事に、わたしは就《つ》くことができたのだ。

「結子ちゃん。お疲《つか》れさま」

「秋月《あきづき》さん。お疲れさまです」

天文台を閉めたあと、プラネタリウムの掃除《そうじ》をしていると、先輩職員の秋月さんがやって来た。わたしは、ここに勤《つと》めてまだ半年だが、秋月さんは5年ほど勤めているそうだ。星座に詳《くわ》しい男性で、このプラネタリウムで毎日のように、お客さんたちに星空の解説をしている。やわらかそうな髪はいつも清潔《せいけつ》に整えられていて、星座の話をするときは、メガネの奥の瞳《ひとみ》がキラキラと輝いて見える。そのときの表情だけは、少しだけ、なつかしい誰かに似《に》ていた。

そんな笑顔《えがお》を絶やさない秋月さんだったが、今日は、どこか不安げな色をにじませている。

「少し風が強くなってきたから、結子ちゃんも、今日は早く帰ってね。そのために、今日は早めに天文台を閉めたんだから」

「はい。もうすぐ掃除《そうじ》が終わるので、そうしたら帰りますね」

今夜、この町には台風がやって来る。昼休憩《ひるきゅうけい》のときにもニュースで確認したが、ほぼ直撃《ちょくげき》のコースだ。この天文台は高台にあるし、やや年季《ねんき》も入っているから心配だが、大自然の脅威《きょうい》を前にしては、わたしにできることはない。この天文台が、無事に明日を迎《むか》えられることを祈《いの》るばかりだ。

「それじゃあ、僕はお先に失礼するよ。本当に、早く帰ってね」

「はい。秋月さんも、気をつけて」

「うん。ありがとう。あと、それから……」

立ち去るのかと思いきや、振《ふ》り向《む》いた秋月さんが、メガネの奥《おく》で瞳《ひとみ》をさまよわせる。なんだろうと思っていると、その瞳《ひとみ》と、ふいに視線が交わった。

「よかったら、今度また、仕事終わりに食事でもどうかなって……。雰囲気《ふんいき》のよさそうなイタリアンレストランを見つけたんだ」

「あ、はい。わたしで、よかったら」

とまどいながらもそう答えると、秋月さんは「よかった」と言って、春の夜空に輝《かがや》く満月のように、静かな微笑《ほほえ》みを浮《う》かべた。わたしよりもずっと大人で博識《はくしき》で、落ち着いていて、素敵《すてき》な先輩だなぁと思う。

「それじゃあ、また明日」

「はい」

ひかえめに手を振《ふ》って秋月さんを送り出したあと、わたしは手早くプラネタリウムの掃除《そうじ》を終えて、家路《いえじ》についた。強まる風のなか、夜が近づいていた。

台風は夜中に町を直撃し、明け方にかけて抜《ぬ》けていった。一人暮《ひとりぐ》らしをしているマンションの窓《まど》も強風に叩《たた》かれて、ガラスが割れてしまわないかヒヤヒヤしたが、出勤するころには台風一過で、掃除したての青空が広がっていた。

天文台は無事だろうか。はやる気持ちを抑《おさ》えながら出勤すると、館長が小走りに、わたしのもとへやって来た。もうすぐ70歳になる小柄《こがら》で白髪《しらが》の「おじいちゃん」で、子どもたちからも人気がある。

「おはようございます、館長」

「あぁ、おはよう、結子ちゃん。じつは、ちょっと大変なことになってねぇ……」

「大変なこと？」

「昨夜の台風で、天文台の屋根がちょっと壊《こわ》れちゃったみたいなんだよ」

「えっ？　大丈夫《だいじょうぶ》なんですか？」

「うん。まぁちょっとだけだし、今日の業務には差《さ》し支《つか》えないと思うんだけど、僕じゃどうにもできないから、修理業者に連絡《れんらく》しておいたよ。午後一番に来てくれるらしいから、対応をお願いしてもいいかな？　僕、午後には病院に行かなくちゃいけなくて」

「わかりました。病院には、お一人で大丈夫《だいじょうぶ》ですか？」

「秋月くんに車で送ってもらうから。いやぁ、この歳になるといろいろガタがきて大変だよ。僕も、天文台も」

穏《おだ》やかな口調でそう言って笑《わら》った館長は、「あいてて……」と腰《こし》を押さえながら、ひょこひょこ歩いて行った。こんなことを言うのは失礼だが、どこか茶目《ちゃめ》っ気《け》のある言動も、館長が町の人たちから慕《した》われる理由だと思う。

「修理業者への対応」を今日の業務内容に加えて、わたしは仕事に取りかかった。


午後一時を少し過ぎたころ、従業員の通用口に取りつけてある呼《よ》び鈴《りん》が鳴った。きっと、館長が呼んだ修理業者だろう。わたしは食べかけのお弁当《べんとう》を置いて、通用口に向かった。

「はーい」

通用口のドアを開くと、そこには、青い作業着姿《さぎょうぎすがた》の男性が立っていた。

「修理の者です。昨夜の台風で、こちらの屋根の一部が飛ばされたと、連絡を……」

作業着姿の男性が、尻《しり》すぼみに言葉を途切《とぎ》れさせた。

男性と目が合う。まっすぐな黒髪に、聞き覚えのある声――ひどく、なつかしいにおいが、風にまじってわたしの鼻先をくすぐった。

「そんな……」

「まさか、結子?」

そう、わたしの名前を呼ぶ声も、めまいがするくらいなつかしい。

目の前に立っていたのは、あのころより少し大人になった、昴だった。

「うそ、どうして、昴が……」

「結子こそ……」

わたしたちは、修理の依頼者と業者という関係を忘れて見つめ合った。それだけで、別れてから会わずにいた、数年間が埋《う》められるような気がした。

「わたし、半年前からこの天文台に勤めてるの。大学を卒業したあと、一般企業に就職したんだけど、どうしても、宇宙に関わる仕事がしたくて……」

「そうだったんだ……。まさか、こんなところで会えるなんて……」

そう言って、昴が口もとを手でおおう。あのころと何も変わらないように見えて、あのころより、少しだけ大きくなった手だ。その手に、尋《たず》ねずにはいられなかった。

「昴は、どうしてこの町に？」

この町は、わたしたちが高校生のときに暮《く》らしていた町からは遠く離れている。昴との再会なんて想像していなかったし、起こるはずがなかった。

混乱《こんらん》するわたしに、昴はゆっくりと語った。あのあと、昴のお父さんには後遺症《こういしょう》が残ってしまったこと。実家の工務店を今までどおりに経営するのはやはり難しく、昴のお母さんの故郷であるこの町に一家で引っ越してきたこと。家業の工務店もこちらに移転し、従業員も一新して、今は得意先を増やしている最中であること。こっちには、昴のお母さんの親族がいて、お父さんの療養《りょうよう》や店の経営を助けてくれていること。もとの店に勤めてくれていた従業員の人たちには次の仕事先を紹介して、そっちに移ってもらったこと。

「いろいろ大変だったけど、なんとか軌道《きどう》にのってきた感じかな。俺は、まだまだ修業中だけどね」

「そっか、そうだったんだ……」

大変だったね、と言うことは簡単《かんたん》だ。でもきっと、お父さんが倒《たお》れてから昴が経験してきたことは、そんな簡単な言葉だけですませてしまえるものではない。

わたしが言葉選びに苦心していると、ふっと、昴の頬《ほお》がゆるんだ。高校生のころ、わたしが何度も安らぎを与えられた微笑《ほほえ》みだった。

「なるほど、天文台か。結子、すごいよ。本当に夢《ゆめ》をかなえたんだな。ここでの仕事はどう？楽しい？」

「うん。すごく楽しいし、やりがいもある。あきらめかけたこともあったけど、今は、ここに来られて幸せだなって思うよ」

そっかそっか、とうなずきながら、昴がいっそう、あたたかく微笑《ほほえ》む。その笑顔《えがお》を見ているうちに、キュウッと胸《むね》がしめつけられた。

ここに来られて幸せ。今日ほど強く、そう感じたことはない。

「結子は夢をかなえたんだ。俺も嬉《うれ》しいよ。あの日の俺の決心は、ムダじゃなかったんだって、安心した。こうやって再会できるなんて、思ってなかったけど」

笑った昴の口もとに、あの頃と変わらない八重歯《やえば》が見えた。

「俺、ずっと応援してたよ」

八重歯を見せたまま、昴が言う。

「結子の夢が、かないますようにって。俺は、宇宙を研究する夢は追いかけられなかったけど、その分まで結子に――って言われたら重荷《おもに》かもしれないけど――夢を叶《かな》えてほしいって、本気で思ってたんだ。だから、結子が宇宙をあきらめないでいてくれて、自分のことみたいに嬉《うれ》しいよ。俺の仕事は、宇宙とは関係ないけど、でも、今の仕事にもやりがいを感じてる。宇宙のことは、今でも大好きだしね」

「今でも大好き」――そう言える日を、本当は、ずっと夢に見ていた。わたしにとって一番の「夢」は――宇宙も、もちろん大好きだけど、それよりも――昴だったから。

無我夢中《むがむちゅう》で手を伸《の》ばして、わたしは昴の胸《むね》に飛びこんだ。昴に別れを切り出されたあの日は遠くてつかめなかった、わたしにとっての一番星を今度こそ離《はな》すまいと、強く強く、両腕《りょううで》で抱《だ》きしめる。

「ずっと、ずっと会いたかったよ、昴……！」

だから、お願い。あの日、聞かせてもらえなかった言葉を、今度こそわたしに聞かせて。

力強い腕《うで》が、わたしの体を簡単《かんたん》に包《つつ》みこんでしまう。昴の鼓動《こどう》がわたしの胸《むね》にしみてきて、ようやく、お互いに本当の心を伝え合えたような気がした。

「俺も、会いたかった。もう、どこにも行くな、結子。今度こそ、ずっと、俺のそばにいて」

こくこくと、何度も首を縦《たて》に振《ふ》る。それでは昴に見えないと気づいて、あわてて声に出す。

「行かない。行くはずないよ」

だって、こんな恋は、もう二度とできないから。

恋はコーヒータイムのあとで

自動ドアが開くと、コーヒーの香ばしい香りが美空《みそら》の鼻先をくすぐった。ようやく暑さもおさまったし、今日はホットにしようと決めて、注文カウンターに向かう。

カウンターには、20代半ばくらいに見える、メガネの男性が立っていた。ぱりっとアイロンがかけられた白いシャツに、煎《い》ったコーヒー豆のような茶色のエプロン。髪色もそれと同じくらいで、ふわっと柔《やわ》らかそうなボリュームがある。エプロンの胸《むな》もとには、「藤枝」と書かれた名札《なふだ》がついていた。たぶん、「ふじえだ」と読むのだろうと美空は思っている。

「いらっしゃいませ。店内のご利用でしょうか?」

「あ、はい」

「ご注文、お決まりでしたら、おうかがいいたします」

「藤枝」が、にこっとひかえめな微笑《ほほえ》みで尋《たず》ねてくる。思わず目を奪《うば》われそうになって、はっとして、慌《あわ》てて「えっと……」とメニュー表に目を落とす。

「カフェオレの、ホットをください」

「はい。ミルク多めでいいですか？」

思わぬ返しに、え、と美空は顔を上げた。にこっと、藤枝が先ほどよりもはっきりとした笑《え》顔《がお》になる。どうやら、笑ったときに少しだけ右に首をかしげるのが、藤枝のクセらしい。

「あれ、いつもそうですよね？」

「は、はい……」

当然のように言われて、美空は、ぼーっと藤枝の笑顔を見つめ返した。その笑顔が、ふいっと視《し》界《かい》から外れる。美空に背《せ》中《なか》を向けた藤枝が手《て》際《ぎわ》よくドリンクを作り始め、あっという間に美空の前に、カップにそそがれたカフェオレが差し出された。

「どうぞ、ごゆっくり」

「あ、ありがとうございます」

カップを手に、空いている席に向かおうとしたときだった。

「受験勉強、がんばってくださいね」

今度こそ言葉をなくした美空は、無言でお辞儀《じぎ》だけを返して、足早に席を探しに向かった。明るい窓際《まどぎわ》の席を確保し、カフェオレの入ったカップをテーブルに置く。

そのとき初めて、美空は気づいた。紙のカップに、黒いマジックでイラストが描《えが》かれている。動物だろうとはわかるものの、タッチがあまりにも独特《どくとく》で、なんの動物なのかイマイチ判別《はんべつ》がつかない。

――タヌキ……？　あ、でも、ヒゲがあるから、猫《ねこ》かな……？

そんな不思議《ふしぎ》な動物の横にはフキダシがつけられていて、その中には、「ファトイ！」と書かれていた。おそらく、「ファイト！」と書きたかったのだろうが……。

思わず、注文カウンターのほうを見ると――藤枝が、こちらを見た。目が合ってドキッとした瞬間、藤枝が笑顔で、こっそり手を振《ふ》ってくる。そのとたんに、美空の心臓《しんぞう》が跳《は》ねた。

顔がほてって、慌《あわ》てて目をそらす。イスに座ると、カップに描かれたタヌキか猫《ねこ》かわからない――改めて見ると、クマかもしれないとも思えてくる――動物と目が合う。

気持ちがほどけるのを感じて、美空はクスッと笑みをこぼした。ほどけた気持ちが、今度はキュンと小さく鳴って、美空は温かいカップを両手でそっと包《つつ》みこんだ。自分の胸に芽生《めば》えていた淡《あわ》い気持ちを包《つつ》むかのように。

美空が、家から自転車で10分程度の場所にあるこのコーヒーショップに通うようになったのは、夏休みのことだった。高校３年生の夏、いよいよ大学受験に向けた勉強に本腰《ほんごし》を入れようと、勉強場所を探していたとき、この店が目にとまった。前から気になっていたので、この際、ダラけがちな自宅ではなく、人目のある場所に環境を変えて勉強しようと考えたのだ。

最初は本当に、受験勉強のためだった。いや、今だって勉強はしている。でも、それだけではなくなったことは確《たし》かだ。

「藤枝」という男性店員に会うことが、いつの間にか、美空にとっての「もうひとつの目的」になっていた。

彼からすれば、自分は無数にいる利用客の１人でしかない。交わす言葉は、注文のときの二言三言だけ。それ以上のコミュニケーションはない。店員と客なのだから当然だし、それでいいと美空も思っていた。ただ、彼の顔を見て、言葉を交わして、彼の淹《い》れてくれたカフェオレを飲みながら勉強していると、応援《おうえん》されているような気持ちになって、勉強がはかどるのだ。

そして、勉強に疲《つか》れたときはこっそり彼のほうを見て、そのやわらかな雰囲気《ふんいき》に癒《いや》される。

そうすれば、また勉強に集中することができた。

それだけで十分だと思っていた。思っていたのに――。

――こんなことされたら、好きになっちゃうじゃん……

カップに描かれた猫だかタヌキだかクマだかわからない動物を、つんつんと指先でつつく。

「ファトイ!」の文字も、こうなってくるとかわいく思えてしまう。

――こんなことされる前から、好きだったってことだな……

ノドを通り過ぎていったカフェオレは、いつもより、いくらか甘《あま》く感じた。


藤枝への恋心を自覚してからも、美空はコーヒーショップに通い続けた。藤枝も美空のことを確実に憶《おぼ》えてくれていて、「毎日、受験勉強お疲《つか》れさま」とか、「もうすっかり秋だね」とか、話しかけてくれることが増えた。

話しかけてもらえることは嬉《うれ》しくてたまらないのに、そのたびに美空は緊張《きんちょう》してしまって、結局、無難《ぶなん》な返答しかできない。もっと気の利《き》いた返しや、ちょっとした質問なんかができれば、もしかしたら、会話の時間が増えるかもしれないのに。

――でも、むこうからしたら、わたしはただのお客さんだもんね。あんまり話をするのも、迷惑《めいわく》になるだろうし。

そう自分に言い聞かせながらも、無意識のうちに指はカップに描《えが》かれたイラストに触《ふ》れている。今日は、ウサギかネズミかわからない生き物が「ガンバレ！」と言って笑っている。

――こういうサービス、ほかの常連さんにもするのかな……？

わたしだけだったらいいのに、と、美空が思ってため息をつきかけたときだった。

「お待たせいたしました」

やわらかな声が落ちてきて、美空のテーブルにふわりと着地した。

顔を上げたところには、コーヒーの香りをまとった藤枝がにこやかな表情で立っていた。

「当店自慢《じまん》のガトーショコラです。ご一緒にどうぞ」

そう言った藤枝が、テーブルの端《はし》にコトリと皿《さら》を置く。みっちりとした、見るからに濃厚《のうこう》そうなチョコレートのケーキが、皿にのっていた。

しかし、美空はケーキなど注文していない。ショーケースに並《なら》んでいるのを見るたびにおいしそうだなとは思っていたが、ほぼ毎日通っている美空にとっては、カフェオレを一杯注文するのが、おこづかい的にギリギリのボーダーラインだ。ケーキを追加すれば、ここに来るのを一日、我慢《がまん》しなければならなくなる。

おいしそうなケーキを我慢《がまん》するか、藤枝に会うのを一日だけ我慢するか——美空は常《つね》に、前者を選んできた。だから、このケーキが自分のもとにやってくるはずがない。

「あの——」

わたし、頼んでませんけど。

そう言おうと思ったのに、藤枝は耳をかたむける様子もなく、「ごゆっくり」と頭を下げて、カウンターに戻《もど》って行った。あまりにも堂々と去ってゆく背中を呼《よ》び止《と》め損《そこ》ねて、美空はとまどいながら、ケーキののった皿《さら》に視線を落とした。

そこで初めて気がついた。ケーキ皿の下に敷《し》かれた紙ナプキンに、何か書かれている。

——長時間の勉強で疲《つか》れたときは、糖分補給《とうぶんほきゅう》！　ケーキは、ぼくからのプレゼントです。寒くなってくるから、体に気をつけてね。

メッセージの最後には、今日のカップに描かれているのと同じ、謎《なぞ》の動物が笑《わら》っていた。うっかり汚《よご》さないように、美空はメッセージの書かれた紙ナプキンを、テーブルに出してあったクリアファイルに挟《はさ》んだ。これなら、勉強している間にも見ることができる。

藤枝が運んでくれた「プレゼント」は、チョコレートの甘《あま》さとカカオの苦味《にがみ》のバランスが絶《ぜつ》妙《みょう》で、カフェオレとの相性《あいしょう》もバッチリだった。

――やっぱりわたし、あの人のことが好きだ。

胸《むね》の中でつぶやくと、応《こた》えるように、キュンと小さな音がした。

そして、美空は決意する。

無事に大学に合格したら、あの人に告白しよう、と。

11月も後半に差しかかり、朝晩《あさばん》の冷《ひ》え込《こ》みに冬の息吹《いぶき》が感じられるようになった。さすがにダウンコートはまだ早いような気がしていたが、検討《けんとう》してもいいのかもしれない。土曜の午後、そんなことを思いながら、美空がいつもの通りにコーヒーショップへ行こうと玄関《げんかん》に向かったときだった。

「美空、どこ行くの？」

「コーヒーショップに勉強しに行ってくる」

素直に答えたとたん、母親の目に不安げな色が宿った。

あ、まずい。本能的に、そう察《さっ》する。母親がこの目をしたときに、いい知らせがあったためしはない。

「美空、外で勉強するの、そろそろやめたら？　風邪《かぜ》なんかもらってきたら、どうするの？今年はもうインフルエンザが流行《はや》ってるって聞いたし……。大事な時期なんだから、ちゃんと自己管理しないと。今日からは家で勉強しなさい」

「えっ、そんな――」

「コーヒーなら、お母さんが淹《い》れて持ってってってあげるから。今は体調を崩《くず》さないようにすることが、勉強と同じくらい大切よ。ほら」

有無《うむ》を言わせない調子で、母親が美空の腕《うで》をつかむ。そのまま美空は、強引に自室に連《つ》れ戻《もど》されてしまった。

「もう、なんで急に……」

やり場のない感情をあらわに、美空はマフラーをベッドに投げつけた。今まで何も言わなかったクセに、なんで急に――と思ったが、もしかしたら、「急」ではなかったのかもしれない。心配性《しんぱいしょう》な母のことである。本当は、もっと前々から、外で勉強をする美空のことを心配していたのかもしれない。そこにきて、今朝は冷え込みが厳《きび》しかったから、いよいよ不安が本格化したのだろう。

もともと、美空の第一志望大学は、美空の成績では合格できるかどうか五分五分と言われた大学だ。ここにきて体調を崩《くず》しでもしたら、いよいよ風前《ふうぜん》の灯火《ともしび》になると思っているのかもしれない。

小さいころ、美空は風邪《かぜ》をこじらせて肺炎《はいえん》を起こし、入院したことがある。そのときから母の心配性は輪をかけてひどくなった。「風邪がひどくなるよ」と注意されても聞き入れず、外で遊び続けた結果の肺炎《はいえん》だったので、母が心配性になった責任は自分にもあると、美空は思っている。だから、母によけいな心配をかけることは、できればしたくない。

――あきらめるか……。

美空はため息をつきながら、部屋の勉強机に向かった。引き出しを開け、クリアファイルを取り出す。その中には、藤枝がくれたメッセージ入りの紙ナプキンが、今も大事に保管されていた。

決めた。今日からは、家での勉強に集中しよう。第一志望の大学に合格するために。

そして、無事に合格できたら、またお店を訪《たず》ねよう。

——そのとき、あの人に告白するんだ。

新たな決意を胸に、美空はペンを握《にぎ》った。合格できたら、きっと自信がつく。高校生でなくなれば、10歳くらい年上だろう藤枝も、自分のことを少しは大人として見てくれるかもしれない。そうすれば、もしかしたら、チャンスがあるかもしれない。それを希望に、美空は受験勉強に打《う》ち込《こ》んだ。

母が作ってくれたカフェオレは、藤枝が手際《てぎわ》よく作るカフェオレとは、ぜんぜん味が違《ちが》った。母のカフェオレも、けっしてマズくはないが、藤枝の味に慣《な》れていた美空にとっては、何かが足りない。

いったい何が足りないのか、それを確かめるためにも、もう一度、美空は藤枝に会わなければならないと思った。

クリスマスも年越《としこ》しもお正月もなく、外出をひかえて受験勉強に身を捧《ささ》げた結果、美空は第一志望の大学に見事合格した。母親は涙《なみだ》を浮《う》かべて喜び、めったに笑《わら》わない父親も、「よくがんばったな」と表情を和《やわ》らげ、喜んでくれた。

母の目からは不安と緊張感《きんちょうかん》が失《う》せ、もう大丈夫《だいじょうぶ》だと美空は悟《さと》った。

「わたし、ちょっと出かけてくる！」

そう言って家を飛び出す美空を止める声は、上がらなかった。

美空は自転車を走らせた。伝えなければ。大学に合格できたこと。それは、お店で勉強させてくれたおかげでもあること。サービスしてくれたチョコレートケーキに力をもらったこと。

それから――わたしがあなたを、好きだということ。

はやるばかりの心臓《しんぞう》を胸《むね》の上から押《お》さえて、美空は、コーヒーショップのドアをくぐった。

ふわっと流れてきたコーヒーの香りが、妙《みょう》になつかしい。ここに来るのは3ヵ月ぶり――いや、もっとだ。

そして、3ヵ月以上ぶりに目に入ってきた注文カウンターには、藤枝ではない、別の男性店員が立っていた。

店内を見渡しても、藤枝の姿《すがた》はどこにもない。どうして？　と思っていると、女性店員が美空のもとにやって来た。

「お待ち合わせですか？」

「フジエダさん、今日はお休みなんですか？」

そう尋《たず》ねた美空に、女性店員が「え？」という目を向ける。

「フジエダさん……？」

「ここの店員さんで、『藤枝』って名札をつけた男の人です。今日はお休みなんですか？」

重ねて問うと、ようやく女性店員が「あぁ」と気づいた顔になった。

「フジエさんですね。『藤』の『枝』って書いて、『フジエ』さんって読むんです。彼なら、12月いっぱいで辞《や》めましたよ？」

予想していなかった言葉の波が連続で押し寄せて、美空は溺《おぼ》れそうになった。息が詰《つ》まって、本当に溺《おぼ》れたような感覚に陥《おちい》ったのだ。

「辞《や》めたって、いつ……」

口走って、手でふさぐ。それはもう聞いた。12月いっぱいだったと。つまり、もう2ヵ月も前だ。そんなに前から彼はもうここにはいなくて、でも、そうとは知らないまま、自分はまた彼に会える日を心の支えに、勉強していたということになる。

合格したら告白しよう。そう決めて。

――え、待って……だったら、わたしの告白は？

いつの間にか、女性店員は美空のもとから離れて仕事に戻《もど》っていた。しかし、美空にはそんなことなど見えていない。

――合格したら告白しようって決めて、来たのに……その相手が、もういないなんて。

行き場をなくした想いをどう扱《あつか》っていいのかわからず、美空は、フラフラとコーヒーショップを出た。美空にとって、この香《かお》りは、真っ先に彼を連想させる香りだ。

でも、思い描いたところで、もうそこに彼はいない。

「告白する前に、失恋しちゃったってことかな、わたし……」

言葉にして、初めて、それが現実なのだと打ちのめされて、胸《むね》が刺《さ》されたように痛んだ。

彼とつながる手段を、美空は何ひとつ持っていない。「フジエダ」だとばかり思っていた苗《みょう》字《じ》が、じつは「フジエ」だったことも数分前に知ったくらい、自分は彼のことを何も知らなかったのだと、もう一度強く打ちのめされる。

そんな痛みで、美空の恋は受験とともに終わったのだった。

＊

大学には自宅から通った。一人暮《ひとりぐ》らしには憧《あこが》れていたが、母がまた不安げな目をしたので、まだしばらくは実家を離《はな》れられそうにない。それでも、大学生になって格段《かくだん》に自由な時間は増え、美空は充実《じゅうじつ》したキャンパスライフを送っていた。

今夜は、サークルの食事会がある。４限で授業が終わりだった美空は、空いた時間にどこかで授業の課題をしようと考えた。大学の図書館でもよかったが、せっかくだから大学近くの散《さん》策《さく》も兼《か》ねようと、キャンパスを出る。

そうして、風の吹くまま気の向くままに歩いていた美空は、雰囲気《ふんいき》のよさそうなカフェを見つけた。オープンしてまだ間もないのか、店先には蘭《らん》の鉢植《はちう》えがいくつも飾《かざ》られている。扉《とびら》の上には店名だろうか、〈Wisteria〉と書かれていた。

意味はわからなかったが、全体的にアンティークな雰囲気《ふんいき》に惹《ひ》かれた美空は、あえて青錆《あおさび》加工を施《ほどこ》したような趣《おもむき》のある扉《とびら》に手をかけた。

かろんかろん、という丸みのあるドアベルの音が、耳もとに心地《ここち》よく響《ひび》く。「いらっしゃいませー」と、フロアにいた女性店員が美空のほうを向いた。「お好きなお席にどうぞ」と言われて、明るい窓辺《まどべ》の席を選ぶ。

木目調《もくめちょう》のテーブルにはメニューが立ててあり、オリジナルブレンド、エチオピア、タンザニア、グァテマラ……と、国名が並んでいる。きっとコーヒー豆の種類なのだろうが、美空にはさっぱりだ。

もしかして、かなりコアなお店だったのだろうか。だったら間違《まちが》ったかも……と一瞬《いっしゅん》思ったが、メニューを裏返《うらがえ》して、はっとした。

オリジナルカフェオレの文字が、そこにはあった。

「すみません。この、オリジナルカフェオレをください。ホットで」

女性店員は落ち着いた笑顔で「かしこまりました」と言い残し、厨房《ちゅうぼう》のほうへ去って行った。

飲み物を待つ間、カバンからノートやテキストを取り出し、課題の準備を整える。どんな構成にしようかな、と考えていると、隣《となり》に人の気配が立った。

「お待たせいたしました。当店自慢のオリジナルカフェオレです」

深く煎《い》ったコーヒーの香りが、鼻先をくすぐる。コーヒーショップなのだから当たり前だが、それだけではない、記憶の一部分にはっきりと触《ふ》れる香りだった。

カフェオレボウルののったトレイが、テーブルに置かれる。ボウルとトレイの間には紙ナプキンが敷《し》かれていて――そこに、猫《ねこ》だかタヌキだかクマだかわからない、独特なタッチの生き物が描かれていた。生き物の横に添《そ》えられているのは、「ファイト!!」の文字だ。文字は間違っていないが、この文字には見覚えがある。

バッと視線を上げた美空は、そこに、コーヒー色のエプロンを身につけた彼の姿《すがた》を見た。

「なんで……」

「わ、よかった。僕のこと、憶《おぼ》えててくれたんだ。忘《わす》れられてるのにこんなことしたら、危《あぶ》ないヤツって思われちゃうなってドキドキしたんだけど、よかった、憶《おぼ》えててくれて」

そう言って、藤枝《ふじえ》は、にこにこ、ふわふわと笑《わら》った。

いろんな感情が、一気に美空の胸《むね》に押《お》し寄《よ》せてくる。「なんで……」と、バカみたいに繰《く》り返《かえ》すばかりの美空に、藤枝はなつかしむような目を向けたまま話してくれた。

「僕、ずっと、自分の店を持つのが夢だったんだ。きみが通ってくれたあのコーヒーショップでしばらく修業してたんだけど、いよいよ独立できるようになって。それで始めたのが、この店」

「そうだったんですか……」

まだうまく言葉が出ない美空の手もとを、藤枝がのぞきこんできた。

「今日も勉強、がんばってるんだね。……あ、え、もしかして、受験、失敗しちゃったとか？」

「え？」

「でも大丈夫！　ぼくが応援《おうえん》しているから！　あ、この店にもケーキあるから、疲《つか》れたときとか落ちこんだときは、甘《あま》いもの食べると元気が出るよ！」

ひとりであわあわしている藤枝を、しばらくぽかんと見ていた美空だったが、ようやく思考回路が動き始めたところで、くすっと笑みをこぼした。

――もしかしてこの人、優しいだけじゃなくて、ちょっと天然なのかな。ほかには、どんな顔があるんだろう。

わたしに教えてください、なんて言ったら、「危《あぶ》ないヤツ」と思われるだろうか。
でも今は、そんな不安よりも、もっと彼を知りたいという思いのほうが、どうやら勝《まさ》りそうである。
カフェオレボウルで運ばれてきたカフェオレは、泣きたくなるくらいなつかしい味がして、今度こそ見失わないようにしようと美空は誓《ちか》った。
〈Wisteria〉という店名が、日本語で「藤」を意味するのだと、美空が彼から教えてもらうことになるのは、もう少しだけ先の話である。

ファイト!!

忘れないで

「恭子《きょうこ》、今度の週末、ヒマ？」

「ほぇ？」

声をかけられて振《ふ》り返《かえ》ったとたん、「ぶっ！」とこらえきれなかったような笑《わら》い声《ごえ》を返された。

人の顔を見て笑《わら》うなんて、失敬《しっけい》な。

「なんちゅー顔してんだよ、恭子。口にチョコついてんじゃん」

「えっ、ウソ！」

俊弥《としや》に指をさされて、わたしはあわてて口もとをこすった。「とれてないよ」と苦笑《くしょう》しながら、一緒《いっしょ》に食後のスイーツタイムを楽しんでいた彩《あや》が、ウエットティッシュで唇《くちびる》のきわをふいてくれる。

「はい、とれた」

「ありがとー、彩。女子力の高い親友に感謝！」

「恭子は、女子力以前の問題だな。ぼーっとしすぎなんだよ。ドジっ娘《こ》かよ」

あきれたように半目《はんめ》になった俊弥に向かって、わたしは舌《した》を出した。子どものころから、俊弥はいつもわたしをドジ扱《あつか》いする。

「まぁ、恭子がドジなのは事実だけどね」

「ちょっと、彩まで！」

「だから、城崎《しろさき》くんみたいな、しっかり者の『保護者』がいてくれないと、親友の私は不安でしょうがないわ」

「俺だっていい迷惑《めいわく》なんだけど」

「2人とも、ひどーい！」

精《せい》いっぱいの抗議《こうぎ》も、2人にあっさり黙殺《もくさつ》されてしまう。ますます失敬《しっけい》な。

「それで、なんなのよ、俊弥。今度の週末って」

「あ、そうそう。誰かさんのマヌケ面《づら》のせいで、忘れるところだった」

「誰がマヌケ面よ！」

「水族館の割引《わりびき》チケットもらったから、恭子、一緒《いっしょ》に行かないかなと思って」

またしても抗議《こうぎ》は無視《むし》されたけど、水族館という魅力的《みりょくてき》な言葉に、わたしは「行く!」と即座《そくざ》に反応してしまった。水族館は、お気に入りの場所だ。広い空間をゆったり泳ぐ魚たちを見ていると、不思議《ふしぎ》と心が落ち着く。

俊弥も、それを知っている。わたしを見る目が、「やっぱりな」とでも言うように、三日月《みかづき》の形になった。

「じゃあ、土曜日でいいか?　時間は、また連絡《れんらく》するから」

「オッケー、ありがとー」

ん、と軽くあごを引いて、俊弥は自分の席に戻《もど》っていった。ふたたびチョコレート菓子《がし》に手を伸《の》ばしたわたしを、彩がまじまじと見つめてくる。

「また、城崎くんとデートか。ほんと仲いいよね、恭子と城崎くん」

「デートじゃないよ。ただ、2人で水族館に行くだけ」

「いや、だからそれを『デート』って言うんでしょ、世間では」

口に入れたチョコレート菓子と一緒に、「デート」という言葉を舌《した》の上で転がしてみる。けれど、俊弥と2人で出かけることと、「デート」は、うまくひとつにならなかった。

「俊弥は、付き合いが長いだけの、ただの友だちだよ。腐《くさ》れ縁《えん》っていうの？　もしくは、きょうだいかな？　小学校も中学校も、たまたま高校も一緒になっただけで、きっと俊弥も、深く考えてないって。ほら、男子って子どもだから、小学校のころによく遊んだわたしを、いまだに遊び仲間だと思ってるだけだと思うよ。成長しないよねー」

「恭子に子ども扱《あつか》いされたくないと思うよ、城崎くん」

「さっきから失敬《しっけい》ね!?」

そのとき、昼休みの終了を告《つ》げるチャイムが鳴った。彩が手際《てぎわ》よく、お菓子《かし》をカバンにしまう。「はい」と最後にもう一つだけ手渡《てわた》してくれるところは、さすがに親友だ。

俊弥にも分けてあげればよかったなと、今さら、少しだけ思った。

その週の土曜日、わたしは俊弥と水族館に出かけた。クラゲのトンネルをふわふわした心地《ここち》でくぐって、深海生物のエリアをわくわくと探索《たんさく》。イソギンチャクの森に潜《ひそ》むカクレクマノミを探して、悠然《ゆうぜん》と空を飛ぶように泳ぐマンタを追いかける。もちろん、イルカショーも見逃《みのが》せない。

「やっぱり楽しいなぁ、水族館。時間が経《た》つの、忘れちゃう」

「恭子、ほんとに好きだよな」

「うん、好き」

俊弥のほうを見てそう返すと、俊弥がほんの少し目を丸くしてから、ふいっと視線をそらした。鼻の頭をかきながら、「あ、オットセイ」とつぶやく。オットセイの水槽《すいそう》に向かう俊弥の表情は、水族館特有の暗《くら》がりのなかで、あまりよく見えなかった。


水族館を出るころには、すっかり夕暮《ゆうぐ》れになっていた。やっぱり、水族館の中と外では、時間の流れ方が違《ちが》うんだと思う。

「腹へったなー。軽く、なんか食ってくか」

「だったら、ドーナツがいい！　駅前のショップ、新作が出たって彩が言ってたの」

「あぁ、あそこね」

了解《りょうかい》、とうなずいた俊弥が、先に歩き出す。いつものように、わたしはそれを追いかけた。

駅前のドーナツショップで小腹を満《み》たしたあと、わたしたちは来たときと同じように電車で家路《いえじ》につこうとした。あれ？　と思ったのは、そのときだ。

改札《かいさつ》の前でバッグをゴソゴソしていると、「どうした？」と俊弥に声をかけられた。そのときにはもう、わたしの中の「あれ？」は「ヤバイ」という焦《あせ》りに変わっていた。

「どうしよう……。スマホがない……」

「えっ、マジで？」

「どこかに忘れてきちゃったみたい、どうしよう……！」

さぁっと、頭から血の気が引いていく。スマホの中には大事な情報が詰《つ》まっている。友だちと連絡がつかなくなるだけでなく、個人情報を悪用されることもあるかもしれない。わたしはパニックになった。

「どうしよう、俊弥！　わたしのスマホ……！」

「とりあえず、落ち着け。どこでなくしたか、思い出せるか？　さっきのドーナツショップで使った？」

俊弥に肩《かた》を支えられながら、わたしは焦《あせ》りをこらえて、記憶の糸を手繰《たぐ》り寄《よ》せた。

「ドーナツショップでは、使ってない……。でも、うっかり落としたかも……」

「よし。とりあえず、ドーナツショップに戻《もど》ってみよう」

力強くうなずいた俊弥が、パッとわたしの手をつかむ。俊弥の手のぬくもりに包《つつ》まれているうちに、少しだけ、焦《あせ》る気持ちが落ち着いたような気がした。


ドーナツショップで座《すわ》った席の近くにも、一度だけ使ったトイレにも、スマホはなかった。店員さんにも聞いてみたけど、スマホの忘《わす》れ物《もの》はなかった。

「ここにないってことは、水族館か。戻《もど》るぞ、恭子」

「う、うん……！」

水族館になければ、警察《けいさつ》に届《とど》けることも考えないといけない。お願い、見つかって！　祈《いの》るような思いで、わたしたちは水族館へ戻《もど》る道を急いだ。その間、俊弥は——きっと、わたしを落ち着けようとしてくれていたんだと思う——ずっと、手をつないでいてくれた。

水族館の入り口で事情を話し、忘れ物としてスマホが届《とど》けられていないか確認してもらう。が、期待はハズレ。もしかしたらまだ館内のどこかに落ちているかもしれないと、特別に館内に入れてもらって、自分で探すことにした。

水族館に入る前にマナーモードにしたことが裏目《うらめ》に出た。俊弥のスマホからかけても音が鳴らないので、薄暗《うすぐら》い館内を歩いて自力で見つけ出すしかない。

「恭子、あちこちで写真撮《と》ってたよな。最後に撮ったのって、どこだっけ？」

「えっと、オットセイの写真は撮《と》った記憶《きおく》があるから……あ！　そのあとの、ペンギンのとこかも！　水槽《すいそう》の前のベンチに座《すわ》って、しばらく見てたから……」

スマホを使った記憶は、ペンギンの水槽《すいそう》が最後だった。急ぎ足でペンギンの水槽に向かい、この水族館でも有数の大きな水槽に、泳いだり眠《ねむ》ったりよちよち歩いたりとマイペースに過ごしているペンギンたちを横目に、あのとき座《すわ》っていた水槽前のベンチ周辺をくまなく探す。

「あっ、あった！」

ベンチと壁《かべ》のせまい隙間《すきま》に、スマホは窮屈《きゅうくつ》そうに落ちていた。なんとか手を入れて拾い上げたとたん、胸《むね》の中にピンと張《は》りつめていた緊張《きんちょう》の糸がゆるみ、へなへなとベンチに腰《こし》を落としてしまう。

「よかったぁ、見つかって……」

「立ち上がったときに落としたのかもな。とにかく、見つかってよかった」

俊弥も、ほっと息をついて目を細めている。その表情を見た瞬間《しゅんかん》、申《もう》し訳《わけ》なさと感謝が膨《ふく》れ上がった。

「ごめんね、俊弥。迷惑《めいわく》かけちゃって……。やっぱりドジだね、わたし」

「いや……まぁ、見つかってよかったよ」

「うん。俊弥がいてくれて、本当によかった。わたし一人じゃパニクっちゃって、見つけられなかったかもしれないもん。ありがとね」

うん、まぁ……とつぶやいた俊弥が、鼻の頭をかく。反応に困《こま》ったときのクセも、憎《にく》まれ口《ぐち》を叩《たた》きながらも結局は優しいところも、子どものころから変わっていなくて、ほっとする。

「それじゃあ、今度こそ帰ろっか」

「もう忘れ物するなよ?」

「あはは、わかってるって」

もう一度、クラゲのトンネルをくぐって、わたしたちは今度こそ家路《いえじ》につくことにした。

「あぁ、すっかり夜になっちゃったね」

水族館を出たところで空を見上げると、ひとつ、ふたつ、夜空に星がまたたいている。その光景に、一瞬《いっしゅん》だけ、神秘的《しんぴてき》に真っ暗な深海生物のゾーンを思い出した。

「わたしがスマホを落としてなかったら、今ごろ、とっくに家に帰れてたよね。ごめんね」

「まぁ、たしかに予定は狂《くる》ったけど仕方な――あっ！」

言葉の途中《とちゅう》で大声を上げて、俊弥がふいに立ち止まった。「な、なにっ？」と、突然のことに思わずへっぴり腰《ごし》になりながら、俊弥に目を向ける。

「しまった……。俺も、忘れ物した……」

「えっ、ウソ。俊弥もスマホ？　お財布《さいふ》とか？」

「違《ちが》う」

それじゃあ何を、と尋《たず》ねようとしたところで、パッと手をつかまれる。急に接近した俊弥の顔がわずかに赤らんでいるのが、夜の暗がりにも、はっきりと見えた。

「おかげで、すっかり忘れてた。恭子に、『付き合ってほしい』って言うのを」

「……へ？」

間《ま》の抜《ぬ》けた声が聞こえたと思ったら、それは自分の口から出た声だった。

「えっ、と……。『付き合う』って、どこに？」

「そうやってごまかさないでよ。今日こそ、ちゃんと言おうって決めてたんだから……」

そうつぶやいて、俊弥がふいっと目をそらす。

……待って。待って待って待って、待ってよ！

「俊弥と、わたしが、付き合うの？　だって今まで、そんな素振《そぶ》り、ぜんぜん……」

「言っとくけどな！　デートじゃないって思ってたの、恭子だけだから！　誰かさんはいっつも、ぼんやりしてて考えもしなかっただろうけど、俺はずっとデートのつもりで恭子をいろんなところへ誘《さそ》ってた。ずーっと、ちゃんと付き合いたい、ちゃんと言わなきゃって考えてた！　誘《さそ》うたびに今度こそ告白しよう、告白しようって決めてた！　でも、いざとなったら言えなくて、そうやってヘタレてるのも今日で最後にしようって思って、恭子の好きな水族館に行ったら、いい雰囲気《ふんいき》になるかなって」

そこで息が続かなくなったのか、あるいはしゃべりすぎだと思ったのか、ノドにストッパーがかかったみたいに急に俊弥が黙《だま》りこむ。俊弥がこんなに顔を真っ赤にしているのを、わたしは今まで、見たことがない。

そしてたぶん、わたしの顔も、同じようなものだろう。

真っ赤な鼻の頭をかきながら、俊弥が、すっかり裏返《うらがえ》った声で言う。

「い、今すぐに、返事しなくていいから！　ビックリしただろうし……。焦《あせ》ってヘンな返事されてもあれだしっ……」

「ヘンな返事って、俊弥――」

「とにかく、答えは今度でよくて！　もう、今日は帰ろう。遅《おそ》くなったし」

くるりと、俊弥がわたしに背中《せなか》を向ける。たっぷりとした水の中を飛び回っていたマンタほどの優雅《ゆうが》さも余裕《よゆう》もない、ギクシャクとした背中《せなか》に、このままでは置いていかれてしまう。

「俊弥！」

精《せい》いっぱい伸《の》ばした手が、幸運にも、俊弥のシャツの背中をつかんだ。不意《ふい》打ちだったのか、バランスを崩《くず》した俊弥がムリな姿勢《しせい》で振《ふ》り返《かえ》る。

唇《くちびる》が触《ふ》れた。まだ真っ赤なままの、俊弥の鼻の頭に。本当は頬《ほお》を狙《ねら》ったのに、バランスを崩《くず》した俊弥のせいだ。

「なっ……！」

「また、忘れ物するつもり？」

「は……？」

恥《は》ずかしいのをごまかすために、キッと俊弥の顔を見上げてにらむ。ワケがわからないといったふうにくるくると瞳《ひとみ》を動かす俊弥に、わたしは爪先立《つまさきだ》ちになって顔を近づけると、精《せい》いっぱい笑ってみせた。

「もう忘れないで。ちゃんと、わたしの返事を聞いて帰ってよ」

好きだなんて言わない。

「だからさぁ……。俺のことが好きなら、素直にそう言えば？」

「だっから、べつにあんたのことなんか好きじゃないって何度も言ってるでしょ！」

「ったく……ほんとにウソが下手だよなぁ、姫野《ひめの》は。いいかげん認めろよ」

「ウソなんかついてないし！」

「じゃあ100m走で決着つけるか」

「バカじゃない！　そっちは陸上部でしょ!?　それに、かけっこで決めるって、どんだけ子どもなのよ!!」

朝っぱらから教室でギャーギャーやり始めた2人を、クラスメイトたちは「またやってるよ」とでも言わんばかりの目で見ている。一部には完全に無視《むし》している者もいて、この光景がこのクラスの日常《にちじょう》であることを物語っていた。

姫野明日実《あすみ》と成田《なりた》洸《ひかる》は、中学からの知り合いだ。なんの因果《いんが》か、1年から3年までずっと同じクラスだった。お調子者の洸のやることなすことに、要領《ようりょう》がよくてしっかり者の明日実は、事あるごとにイライラを募《つの》らせていた。

しかし、注意すれば、洸はますます調子にのる。それを明日実がまた注意して、という完全なる悪循環《あくじゅんかん》を、飽《あ》きもせず3年間続けていた。

中学を卒業するまでの我慢《がまん》と思っていたのに、フタを開けてみれば同じ高校に入学していた。オマケに、ここでも2年生に至《いた》る現在まで、クラスが同じときている。こうなれば、もはや「因果《いんが》」を越《こ》えた「呪《のろ》い」ではないのか。明日実は、なかば本気でそう思っていた。

――冗談《じょうだん》ではなく、これは「呪《のろ》い」だ。

中2の春、また同じクラスになった洸が、「なんだよ、また姫野と一緒かよ」とニヤニヤしながら言ってきたので、「あたしだって迷惑《めいわく》だよ」と返した。それが、きっかけになってしまったようだ。

「『迷惑』とか言っちゃって、そのわりにいつも俺にからんでくんじゃん」

「それは、成田がいっつもふざけてるからでしょ」

「でも、本当に嫌なら、ほっときゃいいじゃん。べつに姫野に関係ないと思うんだけど」

「気が散るって言ってるの‼」

「それって、俺のことが好きで気になってるからじゃないのー？」

頭の中が、真っ白になった。それで、気づいたときには怒鳴《どな》っていたのだ。

「あんたみたいなお調子者、好きになるわけないでしょ！」

そのあとのことはよく憶《おぼ》えていないが、洸は「あ、そう」とかなんとかつぶやいて、どこかへ行ってしまったような気がする。

「好きになるわけない」――その言葉が、明日実自身に呪《のろ》いをかけた。あとになって「好きだ」と告《つ》げることのできない「呪い」を。

本当は、中一の秋くらいから、洸のことを好きだった。最初はイライラしていたのに、またやってる、今日もふざけてる、と、視界に入ることが増えるようになって、気づけば目で追っていた。

見れば見るほど、洸はその調子のよさというか、明るさで、男子からも女子からも好かれているのがよく分かった。それに、誰かが困《こま》っているのを見つけたら、笑って「俺に任せろ！」

と引き受ける人のよさも持っていた。運動部の助《すけ》っ人《と》を頼《たの》まれたり、教材を運んでいる女子に手を貸《か》したり、消しゴムをなくしたクラスメイトに自分の消しゴムを半分ちぎって渡《わた》したり。

教室でふざけて「おまえバカだなー！」と笑われることの多い洸は、同じくらい、「ありがとう」と言われることも多い男子だった。ふだん馬鹿《ばか》なことをしているから、たまに真剣《しんけん》な姿《すがた》を見ると、たまらなく惹《ひ》かれてしまった。

高校に入ってからも洸の性質は変わらなかった。そして、それは学校の外でも同じだった。

1年生のころ、下校で使った電車で、たまたま洸と同じ車両に乗り合わせたことがある。そのとき洸は、離れた場所に立って乗っていた明日実の存在には気づいていない様子で、途中の停車駅で乗ってきた年配の女性に、1秒の躊躇《ちゅうちょ》もなく、席を譲《ゆず》っていた。

その席に座った女性から感謝《かんしゃ》された洸は、「いえいえ、レディーファーストですから！」と調子よく笑っていて——なんで自分は、こんな面倒な奴に恋をしてしまったんだろうと、明日実は頭を抱《かか》えた。

でも、明日実には呪《のろ》いがある。「俺のこと好きなんじゃないの？」と聞かれた中2のとき、とっさにパニックになって、「好きになるわけない！」と、本音と裏腹《うらはら》の言葉を返してしまった。

だから今さら「好きだ」なんて言えない。まわりも、「あいつらは腐《くさ》れ縁《えん》だ」「犬猿《けんえん》の仲だ」と認識している。

洸から、「好きなんじゃないの？」とからかわれたあのとき、「好きで悪い!?」とでも答えていれば、自分は違った現在《いま》になっていたかもしれない。でも、それを考えることに意味はない。

――あたしはもう、あいつに「好きだ」なんて言えないし、言わない。

自分でかけた呪《のろ》いの責任は自分にあるのだから。

明日実が自分の恋を封印《ふういん》する決断をしたのに、洸のほうは、まるでそのことをからかうように、それからも明日実にからんできた。

「なんでそんなに強情《ごうじょう》なの？　さっさと好きって言えば、楽になるんじゃないの？」

「しつこい！」

牙《きば》をむきながら、明日実はふと思う。

もしかして、洸は自分の気持ちに気づいているのではないだろうか。あたしが「好き」と言いやすいように、お膳立《ぜんだ》てをしてくれているのではないのだろうか？　だからこそ、ここまで何度も、しつこく問いただしてくるのではないか。だとしたら、それはそれで恥《は》ずかしい。バレバレの気持ちを、バレていないと信じてごまかし続けているなんて、とんだピエロだ。

自分の想像で、かぁっと顔が熱くなる。その顔を、ひょいっと洸にのぞきこまれた。

「どうした？　顔、赤くない？」

「うっ、うるさい！　近づかないで！」

顔を隠《かく》しながら跳《と》びすさると、洸が、どこかムッとした表情になった。その表情の意味を推《お》し量《はか》れるだけの余裕《よゆう》が、今の明日実にはない。

「だったら、こうしようぜ」

洸が、ニヤリと笑みを浮《う》かべた。イヤな予感がした直後、腕《うで》を組んだ洸が大上段《だいじょうだん》に言い放つ。

「来週の体育祭、姫野、１００m走に出るんだよな。俺も男子の部で出るから、順位で勝負しよう」

「勝負？」

「そ。順位が上のほうが勝ち。姫野、俺に負けたら、ちゃんと俺に『好き』って言いなよ」

ガンッと、頭を殴《なぐ》られたような気がした。

「そんなのズルじゃん！　成田、陸上部なんだから！　あたしが勝てるわけない‼」

「勝負から逃《に》げるんなら、今のうちに言ってくれてもいいよ？　『好き』って」

「なんでそうなるのよっ！」

明日実がいくら叫《さけ》んでも、洸はニヤニヤするばかり。のれんに腕押《うでお》しするような感覚に、明日実は冷《ひ》や汗《あせ》をかいた。このままでは、洸のペースだ。

「とにかく、あたしはそんな勝負しないから。そんなに『好き』って言われたいなら、ほかの女の子にお願いすればいいじゃない」

自分も負けじと腕《うで》を組んで、ぷいっとそっぽを向く。

すると、あれだけ調子よくしゃべっていた洸が、ふいに黙《だま》りこんだ。言い負かしただろうかと思って明日実がチラリと洸を盗《ぬす》み見《み》ると、そのタイミングで、先ほどよりも悪そうな表情で返してきた。

「だったら、俺だってリスクを負《お》うよ」

「え……？」

「姫野が俺に勝ったら、姫野の言うこと、どんなことでも一つだけ聞く。そのかわり、姫野が負けたら……以下同だ」

凶悪《きょうあく》な笑顔を前に、何も言葉が出てこない。あんぐりと開けた口を、明日実はしばらく、閉じることができなかった。

結局、そのまま洸に言い負かされる形で、明日実は「勝負」を受けることになってしまった。

洸は陸上部だ。100m走の組み合わせにもよるが、洸が同じグループ内で1位になる可能性は高い。一方の明日実はバドミントン部なので、そこまで走ることが得意というわけではない。足が遅《おそ》いほうではないとは思うが、それこそ、100m走の同じ組に陸上部の女子がいれば、勝ち目はないだろう。

「でも、こうなったら、やるしかないよね……」

負けたら、告白。勝ったら、洸になんでも言うことを聞かせられる。あのふるまいをやめさせることも可能なはずだ。

「よし……。やるからには、やってやる！」

グッと拳《こぶし》を握《にぎ》りしめて、明日実は腹をくくった。

それからは、部活動の前に行う走り込みのとき、いつもより速さを上げてみた。部活中は足に意識的に力を入れるようにしたし、部活が終わったあとにも、少し残って短距離走《たんきょりそう》の練習をしてみた。もちろん、密《ひそ》かに特訓しているところを洸に見つからないよう、細心の注意を払《はら》って、だ。

とはいえ、体育祭はもう10日後に迫《せま》っている。そんな短期間で陸上部の洸と渡《わた》り合《あ》えるようになるかはわからないが、何もしないよりは気が晴れる。

そうして汗《あせ》を流しているうち、明日実の胸の中に負けん気が起き上がってきた。

「こうなったら、絶対に負けない……！」

こめかみからあごに落ちてきた汗を、明日実は手の甲《こう》でぞんざいにぬぐって弾《はじ》き飛《と》ばすのだった。

——そして、運命の日がやってきた。

体育祭当日の土曜日は、ウロコ雲がうっすらと散らばる秋らしい晴天になった。明日実が出場する１００ｍ走は、午後最初の競技である。そして、女子の部よりも男子の部が先にくる。つまり、洸の順位が確定したあとで明日実が走ることになるというわけだ。

「それでは、１００ｍ走男子の部です。第１グループ――」

グラウンドにアナウンスが響《ひび》き渡《わた》る。洸が出場するのは、男子の部の第２グループだ。明日実は、競技が見える場所に陣取《じんど》り、洸の登場を待つことにした。

第１グループのレースが終わり、呼びこまれた第２グループの中に、洸の姿《すがた》があった。スタートラインについた洸が、その場で小さく飛《と》び跳《は》ねて体を伸《の》ばしているのが見える。同じグループの中に、陸上部の男子はいないらしい。サッカー部や野球部の男子の姿《すがた》は見えるが、よほどのことでもない限りは、洸の独壇場《どくだんじょう》になることが予測された。

複雑な思いで、明日実は目を凝《こ》らした。風にのって、「位置について……ヨーイ……」という声が聞こえてきた直後、パァンと軽い空砲《くうほう》が弾《はじ》ける。スタートラインに並《なら》んでいた男子たちが、いっせいに前へと飛び出した。

案《あん》の定《じょう》、洸が体ひとつぶん飛《と》び抜《ぬ》ける。すぐにその差がぐんぐん開いて、このままいけば洸が１位でゴールテープを切るだろう。明日実がそう確信した、まさにその瞬間《しゅんかん》だった。

あっと、明日実は声を上げそうになった。ガクッと、洸がふいにつんのめったのだ。その足もとで、何かが小さく跳《は》ね上《あ》がる。靴《くつ》が脱《ぬ》げたのだとわかった。

そして、わずかに失速《しっそく》したスキに、ほかの走者たちが洸を追《お》い抜《ぬ》いてゆく。靴《くつ》を飛ばしながらもすぐに態勢《たいせい》を立て直し、ふたたびスピードを上げた洸だったが、１００ｍという短い距離においてコンマ数秒の失速は致命的《ちめいてき》だ。

結局、ゴールテープを切ったのは別の生徒だった。それでも洸は陸上部のプライドを見せ、１人を追い抜いて３位でゴールした。

「成田！」

ガックリと肩《かた》を落として歩いてきた洸に、明日実は迷《まよ》わず声をかけた。気づいた洸が顔を上げ、明日実と目が合うなり、バツが悪そうにそらす。それでも、明日実は洸を逃《に》がさなかった。

「おつかれ、成田」

「あんな大事な場面で靴《くつ》が脱《ぬ》げるって、陸上部失格だわ」

自嘲的《じちょうてき》に笑って、洸が言う。ガシガシと乱暴《らんぼう》にかき乱《みだ》す髪から、透明《とうめい》の汗《あせ》が散った。

「笑えば？　あんなこと言い出したクセに、カッコ悪いね、って」

まるですねた子どものような言い草だ。しかし、明日実は首を横に振《ふ》った。

「笑うわけないじゃん、あんなに一生懸命《いっしょうけんめい》戦ってたヤツを」

明日実は見ていた。靴《くつ》が脱《ぬ》げたあとの、洸の巻《ま》き返《かえ》しを。1位にこそなれなかったが、泣きそうな表情で一生懸命《いっしょうけんめい》に走る洸の横顔を、明日実は見ていたのだから。

「それより、足、ひねったりしなかった？　あのスピードで走ってて靴《くつ》なんて脱げたら、転んでもおかしくないもん。転ぶのこらえて、痛めてない？」

明日実の言葉を受けた洸が、見たことないくらい目を真ん丸にした。動きが完全に止まって数秒《すうびょう》、ぽかんと開いていた口から、ほこりと吐息《といき》がこぼれる。

「そ、それは大丈夫《だいじょうぶ》……。体幹《たいかん》トレーニングもしてるし、そう簡単《かんたん》に転んだりしないし……」

「そっか。ケガしてないなら、よかった」

明日実がほっとため息をついたとき、次は100m走女子の部が始まる旨《むね》のアナウンスが流れた。

「あ、じゃああたし行くね。第1グループだから」

「あ、おう……」

洸に軽く手を振って、明日実は駆《か》け出《だ》した。ほかの出場者たちと並《なら》んで、スタートラインに立つ。

明日実と同じグループに、陸上部の女子はいない。しかし、ハンドボール部やテニス部といった、瞬発力《しゅんぱつりょく》のありそうな運動部の女子が目立つ。楽に勝つことはできないだろう。

拳《こぶし》と一緒に、明日実はギュッと気を引き締《ひし》めた。洸は3位。自分が2位以上にならなければ、負けだ。一生懸命に走った洸には申し訳ないが、負けたら「好き」と言わされるなんて、冗談《じょうだん》じゃない。

全神経を研《と》ぎ澄《す》ませる。周囲の音がだんだん遠のいて、賑《にぎ》やかなはずの体育祭のなか、明日実は凛《りん》とした静寂《せいじゃく》に包《つつ》まれた――その刹那《せつな》、パァーンッと空気をつんざく破裂音《はれつおん》が上がった。

地面を蹴《け》る。風を切って飛ぶ。周囲の景色も歓声《かんせい》も、どんどんうしろへ流れてゆく。

走る走る走る走る――今までこんなに本気で走ったことがないと思うくらい走る。

あぁ、気持ちいい。体が軽い。このままどこまでも走って行けそうだ。

しかし、スタートダッシュの瞬間《しゅんかん》から明日実の前を走っていた背中を追《お》い抜《ぬ》くことはできなかった。

ゴールテープを切ったのは、ハンドボール部の女子だった。明日実は、その女子に続いて2位でゴールする。はっ、はっ、と弾《はず》む息を整えながら、明日実はかつてない爽快感《そうかいかん》に、思わず笑った。思いがけない勝負をすることになってしまったが、この爽快感が味わえるなら悪くなかったなと思う。

「姫野」と、そのとき、名前を呼《よ》ばれた。それが誰なのかなんて、見なくてもわかる。

アゴへ流れた汗を、今日も明日実はぞんざいにぬぐいながら、前かがみになっていた体を起こした。そこに立っていた洸と、すぐに目が合う。

洸は曖昧《あいまい》な微笑《ほほえ》みを浮《う》かべて、明日実を見ていた。それはまるで、笑い方を忘れてしまったような、ぎこちない笑い方だった。

「おめでとう。姫野の勝ちだ」

感情の読めない口調で、洸が言う。グラウンドには、次の競技を告《つ》げるアナウンスが流れていた。人気の騎馬戦《きばせん》に、観客である生徒たちの注目もグラウンドの中央に向いている。

洸と明日実がすみっこで向かい合っていることを気にとめる者は、いない。

「今回は、俺の負けだ。約束は約束だから、なんでも言うこと聞くよ。もうしつこく言わないっていうのでいいか?」

仕方ないと言うように、洸が首筋をかく。明日実は、すぅっと息を吸った。

心臓がドクドクいっているのは、走った直後だからだ。大丈夫《だいじょうぶ》。「言うこと」は決めてきた。走る特訓《とっくん》をするのと同じくらい、これを言うイメトレもしてきた。だから、大丈夫《だいじょうぶ》だ。言える。

わあっと、グラウンドの中央で歓声《かんせい》が上がる。始まった騎馬戦《きばせん》の熱にのまれないよう、明日実は洸を見て、はっきりと言った。

「――あたし、成田のことが好き」

洸が一瞬遅《おく》れて、目を見開く。唇《くちびる》が音もなく、え、とつぶやいて、そのまま固まった。

冗談《じょうだん》じゃないと、思っていた。負けて「好き」と言わされるなんて、冗談じゃない。だったら勝って、自分の意志で、言ってやる。あたしの「言うこと」を、なんでも聞くと言ったのだから。

「中学で、『俺のこと好きなんじゃないの?』ってからかわれたとき、あたし、パニクって『違《ちが》う』って言っちゃったから、今さら本当のこと言えなくて……でも、言わされるくらいなら、ちゃんと自分の意志で言う。あたし、ずっと成田のことが好きだったよ。だから、あのときの言葉は忘れて。それであたしと――」

「ダメだっ！」

明日実の言葉を、洸がさえぎる。反射的に言葉をのんだ明日実は、初めて、洸が顔を真っ赤にしているさまを見た。

「なんでも言うことを聞くのは一つだけだから。だから、そこから先は、俺が言っても、いいかな……」

今度は明日実が、え、と音もなく唇《くちびる》を動かして固まる番だった。

「ずっと、からかってごめん。俺、バカだった。好きとかそういうのも照《て》れくさくて、自分から素直に言えなくて……。姫野が俺のこと好きって言ってくれたらいいなって思うようになって、そしたら、いつの間にか、あんなふうにからかってた。だけど、からかってるうちにどんどん、自分から『好き』って言えない感じになっちゃって……。カッコ悪いよな。『素直に言えよ』って、俺が言われるべき言葉だよ。俺、姫野じゃなくて、勇気を出せない自分に言っていたんだと思う」

グラウンドが騒々《そうぞう》しい。うるさい、静かにして、と、明日実は思った。

これから聞けるはずの大事な言葉を、少しでもクリアなまま、記憶に残しておきたかった。

「中学からずっと姫野のことが好きだった。だから俺と、付き合ってください！」

体育祭の喧騒《けんそう》に負けない声で洸が言って、まっすぐ明日実に手を差し出す。

パンパンパーン、と、3発続けて空砲《くうほう》が鳴った。騎馬戦《きばせん》が終わったのだろう。わあっと大きな歓声《かんせい》が上がったが、そちらの勝敗に興味はない。

明日実の興味を引くのは、目の前に差し出されたこの小刻《こきざ》みに震《ふる》える手を握《にぎ》ったとき、洸がどんな表情を見せてくれるのかということだけだった。

遠くまで続く想い

細雪《ささめゆき》が舞《ま》っている。でも、それは、電車の窓《まど》にぶつかったとたん小さな水の粒《つぶ》となってしまうから、きれいというよりも物悲しい。まるで空が、この日のために泣《な》いているようだ。

「もう少し遅《おそ》かったら、ホワイトクリスマスだったのにね」

「……うん。そうだね」

私がつぶやくと、ボックス席のななめ前から、低めの声が返ってきた。いつの間にかそんな時期になっていたんだなぁと、改《あらた》めて思う。

とある駅で降り、駅前の花屋で花を買う。そこから、案内されるままに歩くこと十数分、目的の場所は小高い丘《おか》の上にあった。遠くに海が見える。冬だから鈍色《にびいろ》に見えるけれど、初夏に来れば、きっと気持ちのいい風が吹《ふ》く、景色のきれいな場所だろうなと思った。

槇《まき》村《むら》家《け》之《の》墓《はか》、と書かれたお墓は、丘の斜面《しゃめん》につくられた霊園《れいえん》の中腹《ちゅうふく》にあった。買ってきた花を墓前に供《そな》え、そっと手を合わせる。合わせた手を鼻先にくっつけて、私は、ここに眠《ねむ》る大切な人のことを想った。ここに来るまで——今日という日を迎《むか》えるまで、途方《とほう》もない時間がかかったように思う。その間、密度が濃《こ》くて深い闇《やみ》の中に、私は置き去りにされそうだった。

「もう、1年経つんだな……」

隣《となり》から聞こえてきた声に目を開けた私は、小さく「うん……」とうなずいた。

やたらと低い空が、まるで悼《いた》むように、細雪を降らせ続けている。

＊

——およそ1年前。

今年はクリスマスイヴが日曜日で、昼間からデートできることになった私は、とにかく浮《う》かれていた。何を着て行くか2週間くらい前から考えていたし、クリスマスプレゼントは1ヵ月前から準備していた。だって、大好きな陽《はる》くんとのクリスマスデートなんだから。

陽くんと付き合い始めたのは、高校1年生のとき。まさかの、お互《たが》いに一目惚《ひとめぼ》れだった。

陽くんは、男らしいというよりも、どこかかわいくて落ち着いた男の子で、そのやわらかくて温かい雰囲気《ふんいき》は、「陽《はる》」という名前にピッタリだ。

「こんなに誰かを好きになったことないよ」

陽くんは、照《て》れくさそうにしながらも、きちんと気持ちを言葉にしてくれる人で、そのたびに私は幸福感にふわふわと包《つつ》まれてしまう。陽くんがまっすぐ気持ちを伝えてくれるから、私も素直に、「私も陽くんのことが大好きだよ」と言うことができた。それにも顔を赤くして目をそらしてしまう陽くんのことが、とても愛《いと》おしい。

「あ、あのさ、千紘《ちひろ》ちゃん……こんなこと言ったら、笑われるかもしれないんだけどさ……」

ある日、そう切り出した陽くんは、すでに顔を赤らめていた。今日も「好き」を伝えてくれるのかな、と、陽くんの言葉をじっと待つ。この少しじれったい時間も、胸の奥《おく》がしびれるような感じがして、私は好きだ。

「これからもずっと、千紘ちゃんと一緒にいたいって思う」

「うん。私もだよ」

「だから、その……大人になったら、さ……結婚、してほしいんだ」

私は、息ができなくなった。たまらず両手で顔を覆《おお》うと、隣で陽くんが、「どうしたのっ？大丈夫《だいじょうぶ》？」と取《と》り乱《みだ》す。陽くんのせいだよ、と、私は心の中でつぶやいて、顔を上げた。体じゅうが燃えるように熱くて、幸せすぎて死んでしまうんじゃないかと思った。

「約束、だよ？」

え、と目を丸くする陽くんに、私は小指を差し出した。

「取り消しはナシだよ？」

かぁっと、陽くんの顔がまた一段赤くなる。それでも、「うん」と小声で答えて絡《から》めてくれた小指の熱を、私は一生、忘れることはないだろう。

それから、大きなケンカもしないまま、私たちの交際は順調に2年目を迎《むか》えた。そして、高校2年生の冬、二度目のクリスマス。私は駅前で、陽くんが来るのを待っている。

さんざん迷《まよ》ったコーディネートは、襟《えり》もとにファーのついた薄《うす》いピンクのワンピースに茶色いブーツだ。

——「かわいい」って言ってくれるかな。プレゼントも喜んでくれるかな。

けれど、陽くんはなかなか現れなかった。待ち合わせの15時を10分過ぎても、30分過ぎても。

どうしたんだろと思いながらスマホを取り出して、メッセージアプリを開く。

さっきから「もう着いてるよー」「どうしたの？」「電車遅れてる？」「大丈夫？」と送っているのだけれど、返事はこないし、既読《きどく》にすらならない。昨夜、私が送った、「明日、遅《おく》れないでね！」という言葉に「りょーかい！」と返事があったきりだ。

何かあったのかなと、いよいよ心配になってきて、私は電話をかけようとした。まさにその瞬間《しゅんかん》、私が送ったメッセージが一斉《いっせい》に既読になった。あ、と思ったとたん、スマホがヴー、ヴーと震《ふる》え始《はじ》めた。電話だ。

「もしもし。どうしたの、何かあった？」

「……千紘さん？」

電話に出た私の耳に届《とど》いたのは、陽くんの声ではなかった。それに、陽くんは私を「さん」付けではなく、「ちゃん」付けで呼ぶ。

それから、電話をかけてきた女性は、とまどう私に、とある場所を告げた。

「陽くん……？」と呼びかけても、陽くんは応えなかった。眠《ねむ》る陽くんの体には白い布がかけられていて、顔だけが見えている。頬《ほお》に大きな擦《す》り傷《きず》があって、唇《くちびる》は紫《むらさき》がかっていた。おそるおそる伸《の》ばした指先が、どうしようもなく震《ふる》える。その指先が触《ふ》れる寸前《すんぜん》、「トラックだって」と、横から声が差《さ》し挟《はさ》まれた。電話で聞いたのと同じ声。

「陽、遅《おく》れると大変だからって、あわてて家を出ていったわ。それで、駅に向かう途中の交差点でトラックにはねられてっ……！」

口を覆《おお》った女性の——陽くんのお母さんの手の隙間《すきま》から、こらえきれなかった嗚咽《おえつ》がもれていた。その嗚咽を、私はどこか、遠くに聞いている。だって、信じられるはずがない。目の前で横たわっているのが、陽くんだなんて。待ち合わせ場所になかなか来ないと思っていたら、こんな冷たい部屋に、寝《ね》かされているなんて。

「陽くん……起きてよ……。クリスマスだよ。デート、するんでしょ……？」

震《ふる》える指先を、私は今度こそ、陽くんの頬《ほお》に伸《の》ばした。事故で傷ついたのだろう頬は、まだ、ほんの少し温かい。人は死んだら硬《かた》くなると言うけど、まだちゃんと、やわらかい。それでも、私がいくら頬をこすっても、陽くんが目を開けることはない。陽くんに触《ふ》れた指の間から、一秒一秒、体温が消えてゆくようだった。

「う、そ……。うそだよね、こんな……っ！　陽くん！　ねぇ、起きてよ！」

陽くんの胸に取りすがって、なんとか陽くんを起こそうと揺《ゆ》さぶる。いったい何度、彼の名前を叫《さけ》んだだろう。

「あなたのせいよ……」

冷たい一言が耳に突《つ》き刺《さ》さって、私はビクリと肩《かた》をすくませた。のろのろ振《ふ》り返《かえ》ったところには、流れる涙《なみだ》をぬぐおうとさえせずに、陽くんのお母さんが立っていた。

「あなたのせいで陽は死んだの！　あなたと約束なんかしてたせいで陽はっ！」

「ご、ごめんなさい……」

「許《ゆる》さない……絶対に許さないから！　謝るくらいなら陽を返してよっ！　わたしの息子を返してぇッ!!」

うわあああっ、と絶叫した陽くんのお母さんは、その場に崩《くず》れて、突《つ》っ伏《ぷ》した。身を引《ひ》き裂《さ》かれるような声を聞きながら、私はようやく、陽くんは帰ってこないのだと理解した。

唐突《とうとつ》に、栓《せん》が壊《こわ》れたみたいにボロボロッと涙《なみだ》があふれてきて、止まらなくなった。こういうとき、「大丈夫《だいじょうぶ》だよ」と頭をぽんぽんしてくれた手は、もう戻《もど》らない。「僕がいるから」と慰《なぐさ》めてくれた声は、笑顔は、ぬくもりは、もう二度と戻《もど》ってこない。

「陽――……っ‼」

その日、その瞬間《しゅんかん》、私の中の何かが、音を立てて壊《こわ》れた。


陽くんが交通事故に遭《あ》って亡《な》くなったことを、私はまるで受け入れられなかった。

陽くんの死がクラスに伝えられたのは、翌25日、２学期の終業式の日だった。担任の先生が沈痛《ちんつう》な面持《おもも》ちで陽くんの死を伝え、クラスメイトたちはそれぞれに驚愕《きょうがく》や悲壮《ひそう》の色を顔に浮《う》かべて、目を伏《ふ》せた。クリスマス。冬休みに入る前の日。クラスメイトが亡くなったと聞かされた日。情報量の多すぎる１日に、みんな混乱しているのがわかった。

そのあと、みんなの視線は私に集中した。陽くんと私が付き合っていたことは、みんなが知っていたから。でも、実際に私に話しかけてくるクラスメイトはいなかった。私だって、突然恋人を亡くした友だちに、なんて声をかけるのが正解かなんて、わからない。同時に、どんな言葉をかけられたらこの気持ちが楽になるのかも、思いつかなかった。

クラスに張りつめていたそんな緊張感《きんちょうかん》が最大になったのは、その夜、陽くんのお通夜《つや》に列席したときだった。私たちは、陽くんのクラスメイトとして弔問《ちょうもん》することになったのだけれど、葬儀《そうぎ》会場に足を踏《ふ》み入《い》れたとたん、私は陽くんのお母さんに、「何しに来たの」とつかみかかられたのだ。

「陽が死んだのはあなたのせいでしょ!? なのに、のこのこ来るなんて……! 帰って! あの子にはもう会わせない! これ以上、あの子に近づかないで!!」

クラスメイトを含《ふく》め、近くで聞いていた人たちが、言葉の内容にぎょっとしたのがわかった。陽くんのお母さんは、シングルマザーだった。自分が幼《おさな》い頃《ころ》、両親が離婚して、それからずっと母子2人で暮らしてきたと、陽くんから聞いたことがある。祖父母も親戚《しんせき》もいない、たった2人の家族。だから、陽くんのお母さんの怒りは理解できた。

「とにかく帰って! もう二度と私に顔を見せないで!!」

感情のままに叩《たた》きつけられた激しい言葉に、私は無抵抗《むていこう》のまま、陽くんのお通夜《つや》に列席することなく家に帰った。ショックだったけど、少しほっとしたのも事実だ。陽くんのお通夜なんて、陽くんとのお別れなんて、今の私には受け入れられないから。

それ以降、私は部屋から出られなくなった。年末も、お正月も、新学期の始業式もあっという間に過ぎていったけれど、私の時間は止まったままだった。

「こんなに好きになったことない」と言ってくれた恋人。「結婚しようね」と約束した、たった一人の大切な人。彼との未来を本気で夢に見ていたからこそ、私は現実を直視できなかった。

「陽くん……。会いたいよ……」

つぶやきながら、私は胸もとのネックレスをそっと握《にぎ》りしめた。それは、事故が起こったとき、病院に搬送《はんそう》された陽くんのカバンに入っていた、私へのクリスマスプレゼントだった。これだけは、陽くんのお母さんが私に譲《ゆず》ってくれた。「千紘ちゃんへ」と書かれたメッセージカードが添《そ》えられていたから、陽くんの遺志《いし》と考えて、あとで郵送《ゆうそう》してくれたのだ。手元に置いておけば、私のことを思い出してつらくなるからという理由もあったかもしれない。

ハートの形をしたシルバーのネックレスで、ハートの中心にはキラキラとした淡《あわ》いピンク色の石がついている。宝石ではないと思うけど、陽くんがこれを私のためだけに選んでくれたということが嬉《うれ》しくて、お風呂に入るとき以外は肌身離《はだみはな》さず、家の中でも身につけている。そうすれば、少しでも陽くんを感じることができるから。

だけどやっぱり、あの日から、私の心には、彼のカタチの穴が空いたままだ。穴の空いた心は何をしても少しも埋《う》まらない。学校に行く気力もぜんぜん湧《わ》いてこないまま、気づけば私は3年生に進級していた。

両親も友だちも先生も、心配して声をかけてくれたけど、何を言われても、私は外へ出る気にならなかった。高校3年生の1年がどれだけ大事か、頭ではわかっている。進学するか就職するかを決めて準備をしなければいけない、人生の分かれ道になる大事な時期だ。だけど、私の頭と体は石のように重たいまま――体重は5キロ以上減ったのに、減る前より重いなんておかしな話だけれど――何かを考えることも、考えた末に動くことも、何もかもを全身が拒否《きょひ》していた。

さみしい、かなしい、むなしい、いたい、つらい、こわい、なにもない……。それらを何万回と繰《く》り返《かえ》した果てに、どうしようもなく陽くんに会いたくなる。それしかなくなる。だけど、「陽くんを死に追いやったのは私だ」という事実が、何より私を苦しめた。

あの日、待ち合わせの時間を15時に決めたのは私だった。たとえばそれを、1時間遅らせていたら？「明日遅れないでね！」なんてメッセージを、前の日に送っていなければ？陽くんは、事故に遭《あ》うこともなかったかもしれない。

いや、それよりももっと前……私と付き合っていなければよかったんだろうか。私が陽くんに、一目惚《ひとめぼ》れなんてしなければよかったんだろうか。あの学校を、進学先に選ばなければよかったんだろうか。あぁ、でも——陽くんと出会って幸せな恋をした記憶までなかったことにはしたくない。そう思うことは、ワガママだろうか。

「陽くん……。会いたいよ……」

——いつまでも悲しんでばかりじゃ、彼も喜ばない。

——今はどんなにつらくても、彼が優しい思い出になるときが、きっとくる。

そんな知ったふうな言葉は、いらない。私はただ、陽くんに、そばにいてほしいだけなのだ。

そんな願いは、行き先を見つけられないまま、高3の冬が近づいていた。

体重は、さらに減った。ろくに部屋の外に出ず、食べる量も最低限になり、ただ精神的苦痛から逃《のが》れるためだけに増えた睡眠《すいみん》が1日の大半を占《し》めるようになっていたのだから、ムリもない。そんな私を見た両親は、私を病院に連れて行くとか行かないとか相談しているみたいだけれど、そんなことにも興味はない。大学にも入れないだろうけど、それだってどうでもいい。

将来の夢とか、学んでみたいこととか、そんなこと、今の私には思い描けないのだから。

「私、もう限界だよ……。陽くんがいないと、これ以上、生きていけない……」

ぼやっと、視界がにじんだ。だけど目もとをぬぐう力もなく、視界をにじませた涙《なみだ》は、あとからあとから枕《まくら》をぬらしていく。

「陽くん……。陽くん……」

つぶやきながら目を閉じて、そのまま私はまた眠《ねむ》りに落ちた。目が覚めたらぜんぶ夢でした、なんて結末も、もう何万回望んだことか、わからなくなっていた。


「千紘ちゃん」

名前を呼ばれたような気がして、私は目を覚ました。お母さんが食事を持ってきてくれたのかと思ったけれど、たぶん違《ちが》う。だってお母さんは、私を、「ちゃん」付けでは呼ばないから。

「千紘ちゃん。目、覚めた?」

「――え?」

覚醒《かくせい》したばかりの意識が、その瞬間《しゅんかん》、混乱の糸に絡《から》めとられる。私は声も上げられないまま、ただただ限界まで目を見開いて、そこにいる彼を見た。

「は……陽くん……？」

ベッド脇《わき》にちょこんと正座して私の顔を見つめているのは、間違《まちが》いなく、陽くんだった。

「う、うそ……。なんで……」

「だって、千紘ちゃんが『もう生きていけない』なんて言うから。心配で、出てきちゃった」

そう言って、陽くんが、困《こま》ったように眉《まゆ》をくしゃっとやる。なつかしい表情だ、と思った瞬《しゅん》間《かん》、私の涙腺《るいせん》はまた壊《こわ》れてしまった。

しばらく泣きじゃくりながら、私は、どれだけ会いたかったか、寂《さび》しかったかを、陽くんに訴《うった》えた。支離滅裂《しりめつれつ》だったけど、陽くんはあたたかい笑顔でうなずきながら聞いてくれて、触《ふ》れることのできない半透明《はんとうめい》の手で、私の頭をなでる仕草《しぐさ》をしてくれた。

そして、私の泣き声が収まってきた頃合《ころあ》いを見計《みはか》らって、今度は陽くんが話し始めた。

「寂《さび》しい思いさせて、ごめんね。１年近くも千紘ちゃんに、こんなツラい思いさせて……。それから、母さんが千紘ちゃんにヒドイこと言ったことも、謝《あやま》らせてほしい。本当に、ごめん」

そう言って、陽くんが深々と頭を下げた。その一言で、すべてのつらい思いを忘れることができた。

「ううん、陽くんは何も悪くない！　悪いのは、ぜんぶ、私だもん……」

「千紘ちゃん？」

「だって陽くん、私と会う約束をしたから。陽くんが死んだのは、私のせいなの……！」

心の奥《おく》に溜《た》まりに溜まった澱《おり》を吐《は》き出《だ》すように、私は叫《さけ》んでいた。陽くんを失った寂しさや悲しさだけではない。その罪悪感《ざいあくかん》こそが、私を１年近く縛《しば》り続けてきたモノの正体だった。

「それは違《ちが》うよ」

そこに、静かな声が落ちた。まるで、私の罪悪感を、そっと両手で包《つつ》みこんでくれるような優しい声だった。

「僕が死んだのは、千紘ちゃんのせいじゃない。ただ、ちょっと運が悪かったんだ」

「で、でも……」

「クリスマスデートができなかったのは、残念だったよ。死んでしまったことは、もっと悔しいし、もう二度と千紘ちゃんと手がつなげないことは本当に寂《さび》しい。でも、これだけは言わせて。僕は千紘ちゃんと出会えて、付き合うことができて、本当に本当に幸せだったよ」

言い聞かせるようなゆっくりとした陽くんの言葉に、胸の奥《おく》が熱くなった。涙《なみだ》もポロポロとこぼれ落ちる。それを見た陽くんがにっこりと笑って、白いおでこを、私のおでこにくっつけてきた。本当に触《ふ》れることはできないからフリだけれど、私は陽くんの体温をはっきりと思い出した。

「だから、僕と出会って恋をしたこと、千紘ちゃんも幸せだったたって、思ってくれたら嬉《うれ》しい。結婚することも、一緒にいることもできなくなっちゃったけど……でも、２人で過ごした時間は僕にとって宝物だから、千紘ちゃんにも、そう思ってほしい」

「思ってるよ！　私はずっと陽くんが好き。陽くんを好きになったこと、忘れたくない……！」

陽くんの頬《ほお》が、かすかに赤く染《そ》まる。目のやり場に困《こま》った様子で「ありがと」とつぶやく陽くんを見ていると愛《いと》しさが込み上げてきて、私はまた泣きそうになった。

ずっと私の心をがんじがらめにしていた鎖《くさり》が、このとき、スルリとゆるんだような気がした。

「そういえば……クリスマスプレゼント、ちゃんと千紘ちゃんの手に渡《わた》って、よかった」

ふいにそう言って微笑《ほほえ》んだ陽くんが、私の胸《むな》もとに目を向ける。そこには、陽くんが選んでくれたハートのネックレスが揺《ゆ》れているはずだ。

「これ、本当にありがとう。すっごく気に入ってる」

「うん。似合《にあ》ってる。それにして正解だった」

「一生の宝物だよ。大切にするね」

一生、という言葉を口にした瞬間《しゅんかん》、激しい衝動《しょうどう》が私の体に湧《わ》き起《お》こった。その「一生」の中に、やっぱり陽くんがいてほしかったという衝動だ。

「ねぇ、陽くん……。もう、どこにも行かないで。これからはずっと、私と一緒にいてよ。幽《ゆう》霊《れい》でもいい。結婚できなくてもいいから。もう、陽くんを失いたくないよ……」

私は、そう言って陽くんの瞳《ひとみ》をまっすぐのぞきこんだ。けれど、陽くんは悲しそうに微笑《ほほえ》んで、音もなく首を横に振《ふ》ってみせた。

「ごめんね。僕もそうしたいんだけど、できないんだ。死んだ人は四十九日であの世に逝《い》くんだけど、僕は今回、ちょっとムリを言って、この世に戻《もど》ってきてるんだ。だから、戻らなくちゃ。決まりを無視して、こっちの世界に長くとどまっていると、悪霊《あくりょう》になっちゃうんだって」

「悪霊？」

「人に害《がい》を与《あた》える、悪い幽霊《ゆうれい》になるんだよ。さすがに、そういうふうにはなりたくないから」

それは、私だってイヤだ。こんなに優しくて、あたたかくて、私の大好きな陽くんが、誰かを怖《こわ》がらせたり不幸にしたりする悪い幽霊《ゆうれい》になってしまうなんて、想像しただけで悲しくなる。

「もう一緒には、いられないの？」

すると陽くんが、「あ、でもね！」と、上半身と一緒に声を弾《はず》ませた。

「あの世で修行を積むと、生まれ変わることができるんだって。生まれ変わったら、また千紘ちゃんと会えるかもしれない。ううん、かならず千紘ちゃんを見つけ出して会いに行く。だから、それまでちょっと、お別れするだけだよ」

「ちょっとって、どれくらい？」

「さぁ、わからないけど……でも、あの世とこの世は時間の流れ方が違うから、意外と早く会えることもあるみたい」

ぐずる子どものように聞き返した私にも、陽くんはイヤな顔ひとつせず、にっこりと笑って答えてくれた。その言葉が本当かどうかなんてわかるはずもない。けれど、陽くんが心から私のことを想ってくれているということだけは、わかった。

「そっか……。それじゃあ、お別れしないとだね。陽くんを悪霊にするわけにはいかない」

ようやく私も、少しだけ笑うことができた。きっと、まだ泣いているんだろうけど、それでも、陽くんはわかってくれたはずだ。ほっと、安心したように、その唇《くちびる》がほころんだから。

「ねぇ、陽くん。最後にお願いがあるの」

あえて「最後」という言葉を使って、私は陽くんに語りかける。

しっかりと聞く姿勢《しせい》になった陽くんに、私は、先ほどよりはっきりとした笑みを向けた。

「陽くんのお墓《はか》に行きたい。最後のお別れは、陽くんのお墓の前で、言いたいの」

＊

「もう、一年経《た》つんだな……」という陽くんのささやき声に、細雪《ささめゆき》が薄《うす》く積もる。うん、とうなずく私の肩《かた》で、雪は瞬《また》く間に水の粒《つぶ》になった。

陽くんのお母さんは、陽くんの眠《ねむ》るお墓の場所を、私には教えてくれなかった。だから本人に場所を聞いて、こうして一緒にやって来たのだ。

「自分が入ってるお墓を見るなんて、ヘンな感じ」

そう言って笑う陽くんに、私も笑いかける。大丈夫《だいじょうぶ》。もう、私はこの手を離せる。彼の手が、笑顔が、言葉が、私の心を優しく癒《いや》してくれたから。だから今度は、私がこの手で、笑顔で、言葉で、彼をきちんと送ってあげる番だ。

「陽くん。会いに来てくれて、ありがとう。心配かけちゃって、ごめんね。でも、陽くんのおかげで、もう一度、前に進めそうな気がする」

「よかった」

「ちゃんと、学校にも行く。次の３月で卒業するのは、ムリだと思うけど……それでもちゃんと高校を卒業して、その先の将来のことも考える。陽くんの分まで」

「うん。でも、あんまり気負《きお》いすぎないでね。ムリしてるなぁって思ったら、化《ば》けて、おどかすからね」

そう言った陽くんが両手を胸の前にぶら下げて、お決まりの幽霊《ゆうれい》ポーズをして見せる。

「そんなの、脅《おど》しにならないよ。陽くんが会いに来てくれたら嬉《うれ》しいもん」

「……会いに行くよ、かならず。化けて出るんじゃなくて、ちゃんと生まれ変わって、ね」

冗談《じょうだん》っぽくない口調で言った陽くんが、そっと、私に手を伸《の》ばしてきた。陽くんの右手が、私の左頬《ひだりほお》に寄《よ》り添《そ》う。そのまま陽くんがそっと顔を寄せてきて、その唇《くちびる》が、私の額《ひたい》に触《ふ》れた。本当は触《ふ》れていないはずだけれど、その瞬間《しゅんかん》、私はたしかに、陽くんの唇を額に感じた。陽くんの、けっして消えないぬくもりと一緒に。

「じゃあ、またね。千紘ちゃん」

「うん。未来で待ってるね」

そう言葉を交わして、胸《むな》もとで小さく手を振《ふ》り合《あ》ったとき——ざあっと、こまかな雪を舞《ま》い上《あ》げる風が吹《ふ》いた。あまりの強さと冷たさに目を閉《と》じてやり過ごす。そして、風が収まり、目を開けたとき、そこに陽くんの姿《すがた》はなかった。

「いっちゃった……」

ほぅっと白い息を吐《は》きながら、私は空を見上げた。鈍色《にびいろ》だった空のところどころに青い色がのぞいていて、そこから光の帯が地上へと延びていた。さっきの風が、雪雲を払《はら》ったんだろうか。たしか、「天使のはしご」とかいう光の現象だ。

「旅立ちには、ぴったりだね」

額《ひたい》に手をかざして、光のはしごを見上げる。その神秘的《しんぴてき》なはしごを使って、キラキラとした何かが空へ昇《のぼ》っていくのが見えた気がした。

私の心は、大切なものを失った痛《いた》みを完全に忘れたわけじゃない。この先も、きっと何度も思い出しては涙するときがくるだろう。でも今は、それも含《ふく》めて私の恋だと、胸を張ることができる。けっして、終わったわけじゃない。私の想いは、彼の想いと一緒に、ずっと遠くまで続いていくのだ。

「じゃあね、陽くん。また出会えたら、きっと――」

――きっとまた、私はあなたに恋をするから。

帰り道にあたためて

植木茜《うえきあかね》は悩《なや》んでいた。

中学2年生の2学期になって、茜には、人生で初めての彼氏ができた。今年、クラスメイトになってからずっと恋をしていた大沢瞬《おおさわしゅん》に、思いきって告白したのだ。

「春から、ずっと好きでした！　わたしと、付き合ってください！」

あのとき、自分の顔はきっと真っ赤に染《そ》まっていたに違《ちが》いない。けれど、あのときの瞬も、見たことがないほど耳まで真っ赤になっていた。

あれから、もうすぐ2ヵ月が経《た》つ。登下校には吐《は》く息が白く染《そ》まる日も増えた、11月下旬。

来月の1日には、瞬の誕生日《たんじょうび》がやってくる。

初めての彼氏の、初めての誕生日。どうしても特別なものにしたい、という気持ちが茜にはあった。平日なのでゆっくりデートはできないが、だったら、せめてプレゼントは記憶《きおく》に残るものを贈《おく》りたい。

「やっぱり、手作りかな！　いちばん気持ちが伝わるもんね」

悩《なや》んだ末に茜がそう決意したのは、瞬の誕生日の１週間前の朝だった。もともと、ちょっとしたアクセサリーや雑貨を手作りするのが茜の趣味《しゅみ》だ。簡単《かんたん》なものなら、今からでも作れる。

「この季節、手作りでプレゼントするなら、やっぱりマフラーだよね」

マフラーなら、比較的《ひかくてき》短時間で編《あ》むことができる。それに、これからやってくる本格的な冬には、必須《ひっす》のアイテムだ。実用的だし、なにより、手編《てあ》みは世界でたったひとつのプレゼントになる。

その日の放課後、茜はいそいそと手芸店に立《た》ち寄《よ》り、毛糸を買いそろえた。ベースは落ち着いた色味の赤にして、白い糸で簡単な模様《もよう》を入れるつもりだ。土日で集中的に編めば、瞬の誕生日までには間に合う。

さっそく、その日の夜から茜はマフラーを編み始めた。もともと、こういう手作業は好きだが、「彼氏」のために編んでいると思うと、いつにも増して心が躍《おど》った。

好きな人のための作業は思っていた以上にはかどり、日曜日の夕方には、赤地に白い雪の結《けっ》晶《しょう》の模様が散《ち》りばめられた、世界でひとつだけのマフラーが完成した。毛糸と一緒に手芸店で買っておいた素材《そざい》を使ってラッピングすると、茜にはそれが、キラキラと輝《かがや》いて見えた。

――瞬くん、喜んでくれるかな。毎日、使ってくれたらいいな。

胸の中で、ころころと心が躍《おど》る。この冬は、きっと今までより、あたたかく過ごせるような気がした。

週明けがこんなに楽しみだった記憶は、茜にはない。

12月1日、火曜日――瞬の誕生日当日に、茜は瞬にプレゼントを渡《わた》した。

「瞬くん、誕生日おめでとう！　これ、プレゼント」

茜から包《つつ》みを受け取った瞬は、茜が告白したときと同じように、かぁっと頬《ほお》を赤らめて目をまん丸にした。茜が告白したときのように、耳まで真っ赤になりながら、「開けてもいい？」と尋《たず》ねてくる。茜もつられて赤くなりながら、無言《むごん》でこくりとうなずいた。茜の目の前で、瞬がリボンをほどく。

「わぁ、マフラー？　しかも、俺が好きな色だ」

「よかった！　その毛糸を見つけたとき、これしかないって思ったの」

「毛糸？」とつぶやいた瞬が、手に持ったマフラーと茜の顔を交互《こうご》に見やって、何かに気づいたふうに目を見開いた。

「もしかして、このマフラー……茜ちゃんが編《あ》んだの？」

「うん。手芸とか工作とか好きなんだ、わたし。その……す、好きな人に、手編みのマフラーをプレゼントするのが、夢《ゆめ》だったっていうか……」

たちまち、瞬の顔がいっそう真っ赤に染《そ》まった。茜が編んだマフラーと、いい勝負だ。

「あ、あり、がとう……。手編みなんて、すごいね……」

もごもごと、瞬がつぶやく。顔が下を向いているせいで、言葉は毛糸の隙間《すきま》に埋《う》もれるように落ちていった。茜としては、瞬が「ありがとう！」と笑ってくれるのを楽しみにしていたので少し残念だったが、きっと照れているんだなと思うことにする。

「絶対に、大切にするから」

「うん！」

初めての彼氏の誕生日が、自分にとって特別だったように、瞬にとっても特別な思い出になりますように。

茜は強く、そう願った。

翌日、茜は妙《みょう》に緊張《きんちょう》しながら登校した。昨日プレゼントしたマフラーを、瞬は使ってくれているだろうか。いや、「大切にするから」と言ってくれたから、もしかしたら、特別な日に使うのかもしれない。でも、自分としては、毎日使ってほしい。学校にも巻《ま》いてこられるように、悪目立ちしない色とデザインにしたのだから。

気持ちがはやるあまり、いつもより少し早く教室に着いてしまった茜は、ドキドキしながら瞬が来るのを待った。

「おはよー、瞬！」

クラスの男子の声に、ドキッと茜の心臓が跳《は》ねた。声のしたほうを見ると、教室に入ってきた瞬がクラスメイトに笑顔を向けている。

あれ？　と思った。瞬の首に、茜が編んだマフラーは、巻《ま》かれていなかった。

「瞬くん、おはよう」

「あ、茜ちゃん。おはよう」

茜に向けられる瞬の笑顔《えがお》は、いつもと同じだ。12月の冷気になでられたのか、その頬《ほお》が赤い刷毛《はけ》でこすったように赤くなっている。きっと、寒かったに違《ちが》いない。

「瞬くん……マフラー、してこなかったの？」

茜の言葉に、瞬がハッと目をみはった。その目が、ふいっと茜からそれる。

「その、ごめん……。今日は、家に忘れてきちゃって……。また今度、使うから！」

「うん……」

そそくさと離れてゆく瞬の背中《せなか》を、茜は黙《だま》って見送った。そのとき、どこか胸騒《むなさわ》ぎがしたのは、あとから思えば「女のカン」だったのかもしれない。

次の日も、その次の日も、瞬が茜の編んだマフラーを学校にしてくることはなかった。

茜がそれとなく尋《たず》ねると、瞬は落ち着かない様子で「ごめん、また忘れちゃって……」「大切にしたいから」と言葉を濁《にご》して、そそくさと去ってゆく。そんなことが何日も続いて、不安になるなというほうがムリだ。

もしかして、「忘れた」というのはウソなんじゃないか。汚《よご》してしまったとか、毛糸がほつれてしまったとか、あるいは、なくしてしまったとか……。もらってすぐ、そんなことになってしまって、本当のことを言えずにいるのかもしれない。

本当のことを話してくれたら、編《あ》み直《なお》してあげることだって茜にはできる。でも、付き合って初めて恋人からもらった誕生日プレゼントをなくしたりしたら、言い出せないだろう気持ちも、十分に想像できた。茜なら、悲しさと申し訳なさで、きっと打ち明けられない。

でも、このまま本当のことを教えてもらえないのは、それはそれで寂《さび》しい。「怒《おこ》らないから本当のことを話して」と、瞬に言ってみようか。そんなことを考えながら学校への道を歩いていたら、いつもより、着くのが少しだけ遅れた。下駄箱《げたばこ》へと急ぎ、自分の上履《うわば》きが入っている場所に向かう。

「えー、マジで?」

そんな驚嘆《きょうたん》の声が聞こえてきたのは、茜が片方のローファーを脱《ぬ》いだときだった。

声は、茜の背丈《せたけ》以上ある上履《うわば》き入《い》れの反対側から聞こえてきた。ひとつの上履き入れのこちら側は茜たち女子が、反対側は同じクラスの男子たちが上履《うわば》きをしまっているスペースだ。つまり、上履き入れの向こうから聞こえてきた今の声は、クラスメイトの男子の声である。

「それで、彼女からもらったマフラー、ソイツにあげちゃったわけ？」

「うん、そう」

その声を耳にした茜は、棚《たな》にしまっていた上履きにかけた手をピクッと震《ふる》わせた。

「しかも、誕生日プレゼントでもらったマフラーだろ？　それをあげちゃうって、どうなんだよ!?」

「だから、仕方《しかた》なかったんだって」

間違《まちが》いない――聞き間違えるはずがない。ため息まじりに「仕方なかった」と答えた声は、瞬の声だ。

――待って、どういうこと？「マフラーをあげちゃった」って……「誕生日プレゼントに彼女からもらったマフラー」を、誰かにあげちゃったって、どういうこと？

バクバクと、茜の心臓《しんぞう》が体を置きざりにして駆《か》け出《だ》す。上履きに手をかけたまま、ローファーは片方だけを脱《ぬ》いだまま、茜はその場から動くことができなかった。

「まぁ、たしかに仕方ないか」

はーぁ……と、どこか疲《つか》れたような息を吐《は》きながら、クラスメイトの男子が言う。

「彼女がくれたマフラー、手編みだったんだろ？　手編みって、やっぱり重いもんな。ソイツにあげて、むしろちょうどよかったんじゃね？」

「……まぁ、そうだな」

その瞬間、凍《い》てつく冬の水たまりに張った氷が割《わ》れるように、みしりと音を立てて、茜の心にヒビが入ったようだった。

間違《まちが》いであれば――聞き間違いであれば、よかった。でも、「そうだな」とクラスメイトの言葉を肯定《こうてい》した声は間違いなく、茜の好きな、たった一人の声だった。

そのあと、どうやって教室に向かったのか、よく憶《おぼ》えていない。でも、気づいたときにはいつものようにちゃんと上履きに履《は》き替《か》えて、自分の席について授業を受けていたから、体が覚えている習慣《しゅうかん》というのは恐《おそ》ろしいなと、どうでもいいことをぼんやり茜は考えた。

黒板に書かれた英文も、化学式も、ちっとも頭に入ってこない。茜の思考を占領《せんりょう》しているのは、今朝聞いた瞬とクラスメイトの会話だ。

茜が編んでプレゼントしたあのマフラーを、瞬は、誰かにあげてしまった。一度も学校に巻《ま》いてくれなかったのは、そういうことだったのだ。

謎《なぞ》は解《と》けた。けれどあとには、ひどい悲しみとむなしさが残された。心をこめて編んだプレゼントを、断《ことわ》りもなく誰かにあげてしまうなんて、あんまりだ。茜が瞬を想う気持ちを、ないがしろにする行為だ。

クラスメイトが言っていた「手編みは重い」という一言も、茜の心に大きなヒビを刻《きざ》んだ。瞬もそう思っていたなら、言ってくれればよかったのに。手編みがイヤなら、ほかのものを贈《おく》ることができた。もらったときに「ありがとう」と言っていたのに、あとになってそんなふうに友だちと言い合って笑《わら》うなんて……。

ぽたっ、と、ノートに雫《しずく》が落ちて、シャーペンで書いた数式がにじんだ。ぽたっ、ぽたたっ、と、雫《しずく》が落ちるたびに、ノートの文字と想い出が溶けてゆく。

数式のように、方程式《ほうていしき》で解《かい》が導《みちび》き出《だ》せるものなら、楽だったのかもしれない。でも、恋の問題の解き方なんて、誰も教えてはくれなかった。

だから、こんなときの対処法《たいしょほう》も、自分で見つけるしかないのだ。

「瞬くん、わたしがプレゼントしたマフラー、誰かにあげちゃったの？」

放課後、茜が下《げ》駄《た》箱《ばこ》の前で尋《たず》ねた瞬間、瞬は目を見開いたまま硬《こう》直《ちょく》した。ローファーに手をかけて固まっている瞬の姿《すがた》に、茜は、今朝の自分を重ね合わせた。あのときの自分はずいぶん滑《こっ》稽《けい》な姿をしていたんだな、と、頭の片《かた》隅《すみ》で思う。

「今朝ここで、瞬くんが西《にし》岡《おか》くんと話してるの、たまたま聞いちゃったんだ。わたしが編んだマフラー、誰かにあげちゃったって」

「それは……！」

「わかってる。『仕方なかった』んだよね？　手編みのマフラーなんて重いだけだから、むしろ、ちょうどよかったんだよね？　わたし、ぜんぶ聞いて……っ」

最後は嗚《お》咽《えつ》にのまれて、言葉にならなかった。泣くまい、泣くまいと思っていたのに、瞬を問《と》い詰《つ》める言葉が、茜自身のノドを細く固く絞《し》めつけてしまったようだ。

「だったら、教えてくれたら、よかったのに……。そしたら、こんなことに、ならなかったのに……」

ほたほたと、あごの先からつたった涙《なみだ》が、茜の足もとに落ちてゆく。まわりにいた生徒たちが何人か茜の涙《なみだ》に気づいてチラチラと視線をそそぎ、そして、彼らが自分たちをチラチラ見ていることに、瞬が気づいた。

「一緒に来て！」

次の瞬間、ぐんっと体が引っ張られて、茜はよろけた。目の前の景色が急に開けて、その真ん中に瞬の背中が見える。茜はようやく、瞬に手を引かれて走っていることに気づいた。

走りながら瞬の手を振《ふ》りほどくこともできたのに、茜は、それをしなかった。

冬の冷気から守るように手を包《つつ》みこんでくれている瞬のぬくもりを、もう少し――今日で、瞬との関係がダメになってしまうのなら、今だけでも――感じていたかった。

瞬が立ち止まったのは、瞬の家と中学校の中間くらいにある、とある公園だった。その敷地《しきち》内《ない》に、瞬は茜の手を引いて入っていく。

「待って、瞬くん！　どこに――」

「いた」

茜の言葉をさえぎるようにつぶやいた瞬が、ようやく足を止める。公園の一角にある、ベンチの前だ。いったいなんなの？　と、茜が重ねて尋《たず》ねようとしたとき、どこからか、小さな声が聞こえてきた。「ニー」と「ピャー」の間くらいの不思議《ふしぎ》な声にハッとして、茜は、自分の言葉を飲んだ。そこへふたたび、謎《なぞ》の声が聞こえてくる。

「ほら、これ」

その場にかがんだ瞬が、ベンチの下に手を差し入れて、何かをずりっと引きずり出す。

一抱《ひとかか》えほどの段ボール箱。反射的《はんしゃてき》に中をのぞきこんだ茜は、あっ、と声を上げかけて息をのんだ。大きな声を出すのもはばかられるほど小さくて弱々しい子猫《こねこ》が、そこで、ほてほてと動いていた。

そして、そんな子猫を包《つつ》みこむように箱の中に収《おさ》められているのは、赤地に白い雪の結晶《けっしょう》の模様が入ったマフラーと食べ物だった。

「よかった。また一匹、もらわれていったみたいだ」

茶色っぽい子猫を見下ろして、瞬が、どこかほっとしたように息を吐《は》く。12月の夕方、白い影《かげ》になった息は、そのまま輪郭《りんかく》をぼんやりさせて、空中に溶《と》けてゆく。それを子猫が、つぶらな瞳《ひとみ》でじっと見つめていた。

「誕生日の次の日、学校に行く途中《とちゅう》でこの公園を通りかかって、見つけたんだ。最初はコイツ以外にも、白いやつとかブチのやつとか、ぜんぶで4匹いてさ。1匹ずつ、誰かが拾ってくれたみたい。見つけたとき、箱の中に新聞紙とタオルは敷《し》いてあったんだけど、それじゃ寒そうでさ。ミャーミャー鳴いてるのがかわいそうで、だから、つい……」

瞬の言葉を聞きながら、茜は、箱の中の小さな生き物から目を離すことができなかった。

にらめっこに飽《あ》きたのは子猫のほうが先で、たどたどしくおぼつかない足取りで箱の中を歩き始めたかと思うと、やがて、折《お》り重《かさ》なったマフラーの間に体をうずめるように丸まって目を閉じた。赤いマフラーがあたたかいということを、すっかり体で覚えたらしい寝顔《ねがお》だった。

「マフラーを誰かにあげちゃったって……。子猫にあげちゃったってこと？」

「ごめん！　せっかく編んでくれたのに、こんなことして！」

瞬の声が眠《ねむ》りの妨《さまた》げとなったのか、子猫が目を閉じたまま、小さく「ニー」と声をもらした。

そちらにチラリと目を向けた瞬が、声を落として続ける。

「でも、俺んち、犬を飼《か》ってるから、コイツらを連れていってやれなくて……4匹とも、誰かにもらわれるまでは、って思って……」

ごめん……と、もう一度、瞬が消えそうな声で謝《あやま》る。その声を聞いた瞬間《しゅんかん》、心に入っていたヒビがすぅっと消えてゆくのを、茜は感じた。

「わたし、この子をウチで飼《か》えないか、お父さんとお母さんに聞いてみる」

「えっ、ほんとに？」

「うん。お父さんもお母さんも動物好きだし、この子、めちゃくちゃカワイイし、いいよって言ってくれそうな気がする」

茜の言葉を聞いた瞬が、「よかったぁ」と胸《むね》をなで下ろす。いつの間にか目を開けていた子猫が、答えるように大きく鳴いた。

「わたしも、よかった」

「え？」

「瞬くんが、マフラーをいらなくなって、誰かにあげちゃったんじゃなくて。この子たちを助けるためで、よかった」

一拍《いっぱく》おいて、瞬が顔を真っ赤にする。そんな照《て》れ屋《や》なところも、子猫を思う優しいところも、そんな瞬だから好きになったことを、今さらながら茜は思い出して微笑《ほほえ》みをこぼした。

「じゃあ、このマフラーは、この子と一緒に一旦《いったん》ウチへ持って帰るね。それで瞬くんには、新しいマフラーを買ってプレゼントするから」

茜の言葉に、瞬が驚いたように「えっ」と声を上げる。「え？」と、茜がとまどって返すと、目を泳がせながら瞬は言った。

「そのマフラー、買うんじゃなくて、また編《あ》んでくれたら嬉《うれ》しいんだけど……」

「え、でも……今朝、西岡くんと『手編みは重い』って──」

「違《ちが》っ、あれはっ……！」

声を上げかけた瞬が、一度、ぐっと押《お》し黙《だま》る。その間に、ますます瞬の顔が赤く染《そ》まったのを、茜は見逃《みのが》さなかった。いったい、どれだけ赤くなるんだろう。

「あれは、西岡があんなふうに言うから、からかわれるのがイヤで、思わず『そうだな』って言っちゃっただけで……。そんなの、好きな人が自分のために一生懸命《いっしょうけんめい》作ってプレゼントしてくれるなんて、嬉《うれ》しいに決まってるじゃん」

「え……」

「もらったときも俺、感動しちゃって、うまく言葉にできなかった……。それに、誕生日の次の日の朝にちょっと使っただけだけど、茜ちゃんが編《あ》んでくれたこのマフラー、すごく、あたたかかったよ。だから、また茜ちゃんが編んでくれたら、俺はすごく嬉《うれ》しいし、大切にする。もう絶対に、なくさない。茜ちゃんと同じくらい、ずっと大事にするよ」

ダメ、かな……？　と、精《せい》いっぱい持ち上げたような目で見つめられて、そんなふうに言われたら、答えなんて決まっている。

「ダメなわけないよ。また、編んであげるね」

それを聞いた瞬が、一瞬《いっしゅん》、驚《おどろ》いたように目を大きくしたかと思うと、すぐに「ありがとう！」と笑顔《えがお》になった。

——ああ、やっぱり。この冬は、今までで一番あたたかい冬になる。

弾《はず》む胸《むね》の中で、茜は、そう確信した。

似《に》合《あ》うもの、似《に》合《あ》わないもの

パァーン！　と小気味《こきみ》のいい音が道場に響《ひび》き渡《わた》る。

「一本！」

主審《しゅしん》の声に続いて、わあっとギャラリーから歓声《かんせい》が上がった。その歓声《かんせい》を浴《あ》びながら対戦相手に礼《れい》をして、下がる。

ふぅ、と面《めん》をはずした瞬間《しゅんかん》、先ほどよりも大きな歓声《かんせい》に迎《むか》えられて、あたしは顔を上げた。面の下、頭に巻《ま》いていた手ぬぐいをほどき、ギャラリーに向かって笑顔《えがお》で手を振《ふ》る。今度こそ、悲鳴にも近い歓声《かんせい》が弾《はじ》け飛《と》んだ。

あたしが剣道《けんどう》を始めたのは、国体にも出たことのある父の影響《えいきょう》だ。小学校に上がると同時に竹刀《しない》を握《にぎ》るようになったあたしは、すぐさま剣の道にはまった。それからもう12年近く、竹刀を握《にぎ》り続《つづ》けている。

小中学校のときは、男子にまじっても負けないくらいだった。高校生になった今は、さすがに体格が違《ちが》いすぎて竹刀を交えることはないが、女子のなかでは、誰にも勝ちを譲《ゆず》るつもりはない。

道場の壁際《かべぎわ》に戻《もど》ったあたしが汗《あせ》をぬぐっていると、そこへバタバタと女子生徒たちが走ってきた。同じ剣道部の女子もいれば、見学に来ていた部外の生徒もいる。

「渚《なぎさ》先輩！　一本、すごかったです！」

「いつ見ても鮮《あざ》やかで、感動しちゃいます！」

「ははっ、ありがとう」

一人の女子生徒が差し出してくれた飲み物を、ありがたくいただく。今のあたしの顔には、たぶん、彼女たちが求める爽《さわ》やかな笑顔が張りついているはずだ。

自分で言うのもどうかと思うが、あたしは女子たちから人気がある。女子たちの視線を感じるようになったのは、中学校に上がったころからだ。部活動中には見学者が絶《た》えないし、学外での試合にも、いつも10人以上の女子が見に来てくれる。

はじめの頃こそとまどったこの状況《じょうきょう》にも、もうずいぶん慣《な》れた。今では、これがあたしの日常になっている。

「いつも応援《おうえん》してくれて、ありがとうね」

笑顔《えがお》を意識《いしき》してそう言うと、また、きゃあっという声が女子たちの間から上がった。

――渚先輩、カッコイイ！　そのへんの男子より、カッコイイです！

――わたし、渚先輩のこと、いつも見てます！　先輩は、憧《あこが》れの存在ですから。

――じつは私、先輩のことが好きなんです……！

そんなふうに言われたことは、一度や二度じゃない。剣道が強いからカッコイイというだけではなく、たぶん、あたしの外見も相当影響《えいきょう》している。

背《せ》は、小学生のときから高かった。それが高校生になって、170センチに達した。髪は、ずっとショートだ。面をかぶる前に、まず長い髪をまとめて手ぬぐいで巻《ま》いて、とやるのは、あたしの性格上も面倒《めんどう》だろうと察《さっ》しがついたので、楽なショートヘアにしているだけなのだが――タオルでガシガシやれば汗《あせ》もぬぐえるし、シャワーのあとで乾《かわ》かすのも早く、運動していても風通しがいい――それが、生まれもった中性的な顔立ちとあいまって、韓国の男性アイドルっぽい雰囲気《ふんいき》を醸《かも》し出《だ》している……らしい。友人の分析《ぶんせき》によれば、だけど。

あたしとしては女子にモテたいわけじゃないけど、応援してくれる人を無下《むげ》に追《お》い払《はら》うことはできない。告白されたときは、――女の子を恋愛対象として見たことはないから――悩《なや》みながら断るしかないが、それ以外は基本、笑顔で応じている。

あたしは大多数の女子生徒にとって、「男子よりもカッコイイ剣道部の主将」だ。だから、9ヵ月後、高校を卒業するまでは、そのイメージを貫《つらぬ》こうと決めている。勝負の世界に立つ人間としては、身近な人たちの声援は励《はげ》みになるものだし、みんなが笑顔でいられるなら、それに越《こ》したことはない。だからあたしは、「カッコイイ女子」でい続けるのだ。

「でも、今日はいいかな……」

その日の放課後、あたしは迷《まよ》いに迷《まよ》った挙句《あげく》、ある寄り道をした。

みんなの中にある「カッコイイ」イメージを壊《こわ》さないために、あたしには、隠《かく》していることがある。隠しているというか、「今さら言えなくなった」というほうが正しい。

「お待たせしましたー。チョコバナナカスタードクレープでーす」

「ありがとうございます!」

お姉さんが差し出してくれたクレープを持って、あたしは近くのベンチに座った。スプーンは使わず、大きなクレープに狙《ねら》いを定めて、ばくっと頬張《ほおば》る。とたんに、カスタードクリームの濃厚《のうこう》でなめらかな甘《あま》さとカカオの香り、熟《う》れたバナナのねっとりとした豊潤《ほうじゅん》さが口いっぱいに押《お》し寄《よ》せてきた。生クリームが甘《あま》すぎないので、全体のバランスがとてもいい。

これが、あたしの隠《かく》し事《ごと》――あたしは、甘《あま》いものに目がないのだ。

でも、「甘いものが好き」なんて女子っぽい好みは、あたしには似合《にあ》わない。クレープやケーキやパフェというものは、ふわふわした髪の女の子や、瞳《ひとみ》の大きな女の子の手にあるほうが、絵になる。

それでも、やっぱり好きなものは好きなので、無性《むしょう》に食べたくなるときがある。そういうときは、あたしの「ファン」だと言ってくれる女子たちに見つからないような場所で、こっそりと楽しむのだ。それはそれでワクワクするので、じつは「ひとりスイーツ」の時間は、けっこう気に入っている。

「あー、おいしい。幸せ……。明日から、またがんばろ」

糖分《とうぶん》が胃《い》と脳《のう》に回ってゆく心地《ここち》よさに、うっとりと目を閉じたときだった。

「あれ？　寺島《てらしま》？」

背後《はいご》から突然《とつぜん》呼《よ》びかけられて、危《あや》うく、生クリームにむせそうになった。パニックで動けずにいると、うしろから回りこんできた人影《ひとかげ》が、ひょいっと顔をのぞきこんでくる。

「やっぱり、寺島じゃん」

「か、片岡《かたおか》……！」

突如《とつじょ》として目の前に現《あらわ》れたのは、同じ高校の剣道部の男子、片岡彰人《あきと》だった。

片岡の竹刀《しない》は、変幻自在《へんげんじざい》だ。竹刀の先に目がついているんじゃないかと思うほど正確に、そして目にもとまらぬ速さで、相手の隙《すき》をつく一本を鋭《するど》く打ちこむ。片岡の足の運びや竹刀の動きには何十回と目を凝《こ》らしているが、予測《よそく》が当たったことは、ほとんどない。仮に片岡と試合をすれば、その速さにまったくついていけないだろう。

そんな片岡が、じっとあたしの顔を見つめてくる。ドキッとしたのもつかの間、片岡の口から「ぷっ」と吐息《といき》がこぼれた。……いや。今のは、あたしの顔を見て笑ったんだろう。その証拠《しょうこ》に、あたりの顔を指さした片岡が、口の端《はし》を吊《つ》り上《あ》げた。

「ほっぺたに、クリームついてんぞ」

「え？　――えっ!?」

一瞬《いっしゅん》遅《おく》れて、手の甲《こう》で頬《ほお》をぬぐう。そこに、白いクリームがついた。食べるのに夢中で気づかなかったらしい。しかも、それを片岡に見つかったのは、相当恥《は》ずかしい。

「がっつきすぎだろ。食《く》いしん坊《ぼう》かよ」

おもしろそうに笑《わら》われて、クリームのついていた頬《ほお》が、かぁっと熱くなる。それをごまかすために、あたしはふたたびクレープにかじりついた。

そんなあたしの隣《となり》、ベンチの空いていたスペースに、なぜか片岡が腰《こし》を下《お》ろす。下校途中でたまたま見かけただけなら、ほうっておいてほしい。そう思った矢先だった。

「てか、寺島もそんな女子っぽいもの食うんだな。似合《にあ》わねー」

「うるさいなっ！」

ケラケラと笑《わら》う片岡に向かって、あたしは牙《きば》をむいた。もちろん片岡は気にした様子もなく、ケラケラと笑い続けている。

「何を食べようと、あたしの勝手でしょ！」

「まぁ、そうなんだけどさ。寺島のことを王子サマ扱いしてる学校の女子たちが見たらどう思うんだろうって考えたら、おもしろくてさ。写真撮《と》っていい？」

「いいわけないだろ!」

「だよなー」

いけしゃあしゃあと言い放った片岡が、「俺も食おっかなー」とベンチから立ち上がって、クレープ屋のワゴンへと向かう。なんだそれ。自分も食べるなら、なんであたしをバカにしたんだ。

自分のクレープをさっさと食べきって帰ってしまおうかと思ったのだが、片岡のクレープが出来上がるほうが早かった。ふたたびあたしの隣《となり》に腰《こし》を下《お》ろした片岡が、カバンを無頓着《むとんちゃく》に足もとに置いて、クレープをかじる。その口もとから、イチゴがこぼれ落ちそうになった。

それを見て、仕返しとばかりに、あたしは「ぷっ」と笑ってやった。

「片岡だって、似合《にあ》わないじゃん」

「うるせーよ。腹へってんだよ。つか、うまいな、これ。ちょっと甘いけど」

「あたりまえでしょ、クレープなんだから」

そんな会話を交わしながら、片岡と並《なら》んでクレープをかじる。

――いま、あたしたち、まわりからどんなふうに見えてるんだろう……?

ひょっと浮《う》かんだそんな考えに、またしても、かあっと頬《ほお》が熱くなった。そのタイミングで片岡がベンチから立ち上がって、ドキッとする。見れば、すでにクレープを食べ終えていた。

「じゃ、俺は帰る。また明日な」

「あ、う、うん……」

ドッ、ドッ、ドッ……と、心臓《しんぞう》が鳴っている。カバンを肩《かた》に引っかけるようにして歩き出した片岡を見るともなく見送っていると、その背中《せなか》が、「あ」と振《ふ》り返《かえ》った。

「そうだ、忘れてた」

「え、なに？」

身構《みがま》えたあたしに、片岡が人差し指を差し向ける。その顔には、どこかヤンチャな笑《え》みが浮《う》かんでいた。

「今日の一本。あれ、よかったよ」

ドッ……と、鼓動《こどう》がいっそう強くなった。「じゃーな」と、また無頓着《むとんちゃく》に手を振《ふ》った片岡が、今度こそあたしに背中を向けて、町角を曲がってゆく。

「……心臓に、悪い……」

クレープを抱《かか》えたまま、あたしはぐったりとうなだれた。一本を取った直後よりも乱《みだ》れている心臓は、まだしばらく落ち着いてくれそうにない。

――そんな女子っぽいもの、似合《にあ》わない。

片岡の口から言われた言葉は、少なからずあたしの胸《むね》に刺《さ》さった。

わかっているつもりだった。だからこそ、誰にも見つからないように気をつけていた。それを、まさか片岡に見つかるなんて。

ちょっと気になっていた男子から、「似合《にあ》わない」と笑《わら》われることになるなんて。

クラスの違《ちが》う片岡とは、剣道部で出会った。片岡が相手から奪《うば》う一本は1年生のときから正確で速くて、気づけば、観察するようになっていた。自分が強くなるために、片岡の戦法が参考になるかもしれないと思って。

やがて、いつも自分が片岡を目で追っているのは、彼の技術を「観察」するためだけじゃないということに、気づいてしまった。

でも、そのときにはすでに、あたしたちは同じ部に籍《せき》を置く、よきライバルであり友人という関係を築《きず》いていた。

片岡彰人との関係性を築くこと。

片岡彰人への気持ちに気づくこと。

その順番が逆だったら、もしかしたら、違《ちが》う未来が見えたかもしれない。でも、その順番は今さら変えられない。片岡との今の関係を捨《す》ててまで、あたしの気持ちを片岡に伝えるという未来に踏《ふ》み出《だ》すのは、緊迫《きんぱく》した試合に臨《のぞ》むよりも勇気がいる。

片岡に、気持ちは伝えられない。「女子っぽいものが似合《にあ》わない」と言われた今は、余計《よけい》に。

だからあたしは、誰もが憧《あこが》れる「カッコイイ女子」を貫《つらぬ》くのだ。

＊

夏休み。剣道の県大会の舞台《ぶたい》に、あたしは立っていた。高校3年生のあたしにとっては、これが最後の大舞台《おおぶたい》だ。この大会が終わったら、いよいよ大学受験に向けた勉強に集中することになる。狙《ねら》うのは、有終の美だけだ。

「渚先輩！　がんばってくださいね！」

「先輩なら、きっと優勝できます！」

「応援してますっ！」

「うん。ありがとう。行ってくるよ」

応援してくれる女子たちに笑顔を向けてから、あたしは精神の統一に入った。

ここまでは、順調に勝ち進んできた。次は、女子個人戦の準決勝だ。これに勝てば決勝に進める。そこで勝てば、念願の初優勝だ。これ以上の「有終の美」はない。

深く吸いこんだ息を、細く、長く、吐《は》く。鼓動《こどう》を整《ととの》えて面をつけ、準決勝戦が行われる試合場に向かおうとした。

「寺島！」

背後から飛んできた張りのある声に振り返る。自分の試合を終えた直後の片岡が小脇《こわき》に面を抱《かか》えて、息を弾《はず》ませながら、そこに立っていた。

「がんばれ！　絶対、決勝いけよ！」

満面の笑顔でそう言って、小手《こて》をはずしていない手を拳《こぶし》のように突《つ》きつけてくる。少年マンガかよ、とツッコミたくなる光景に、あたしは面《めん》の奥《おく》で苦笑《くしょう》した。

「うん。いってくる」

拳《こぶし》を返すのは恥《は》ずかしくて、軽く小手《こて》を掲《かか》げて応《こた》えて、あたしは試合場に向かった。

面をつけたあとでよかった。でなかったら、きっと、ほてって赤らんでいるに違《ちが》いない顔を片岡に見られていたはずだから。

「それでは、女子個人戦、準決勝を始めます」

竹刀《しない》を手に試合場に入り、礼をしてから3歩で蹲踞《そんきょ》の姿勢《しせい》に移《うつ》る。対戦相手の応援幕《おうえんまく》に書かれている名前は「今井」だ。学年はあたしの1つ下だったはずだ。大丈夫《だいじょうぶ》。あたしは負けない。

あたしは白、対戦相手は赤のタスキだ。3人いる審判《しんぱん》のうち、2人が白い審判旗《しんぱんはた》を上げれば、一本。一本を2回とったほうが勝者となる。

大丈夫《だいじょうぶ》。あたしは、絶対に負けない。自分に暗示をかけるように、心の中で強くつぶやく。

主審の号令で、あたしはすぐに動いた。

でも、相手のほうが早かった。あ、と思ったときには、胴《どう》に一本を叩《たた》きこまれたあとだった。

すぐに、赤いほうの旗《はた》が3本上がって、一本の判定が出される。予想外の速さと、面越《めんご》しに見えた相手選手の涼《すず》しい表情に、初めて驚異した。剣道着の下を、汗《あせ》が流れる。

——強い。油断《ゆだん》したら負ける。

無意識のうちにゴクリとノドを鳴らして、あたしは竹刀《しない》を握《にぎ》り直《なお》した。

「始め！」

2本目。1本目よりは慎重《しんちょう》に踏《ふ》み込《こ》む。しかし、慎重なだけでは勝てない。相手のペースになる前に素早《すばや》く間合《まあ》いを詰《つ》めて、胴《どう》——に見せかけた小手を打ちこんだ。

白い旗が3本上がる。これで、1対1だ。次の1本で、すべてが決まる。

——高校最後の大会、あたしは勝つ！

「始めっ！」

「やあぁぁッ！」

腹の底から声を出して、あたしは相手のふところに突進《とっしん》した。そのまま数秒、つば迫《ぜ》り合《あ》いになり、態勢を立て直す。

パァーンッ……と、尾を引く竹刀の音が試合場に響《ひび》いた。主審と2人の副審が、パッと審判旗を上げる。上がった色は——3本とも、赤だった。

個人戦準決勝が、高校最後の試合結果となった。あたしは負けた。目の前が真っ暗になりそうだったが、ここで取《と》り乱《みだ》すことは、剣道において許《ゆる》されない。乱れる心を鎮《しず》めながら、作法にのっとって対戦相手に礼《れい》をし、試合場を辞《じ》す。

部員たちが声をかけてくれたが、あまりにも頭がぼんやりしていて、何を言われているのかはよくわからなかった。淡々《たんたん》と小手と面をはずし、手ぬぐいをほどいたところで、あたしなりの武装《ぶそう》がとけたのかもしれない。

――あぁ、もうムリだ。

立ち上がったあたしは、そのまま会場を飛び出した。「寺島さん？」「渚先輩！」という声を振《ふ》り払《はら》って走る。早く、早く、どこでもいいから人のいないところへ。誰にも、今の顔を見られないところへ。人前で泣くのは、「カッコイイ女子」じゃないから。

試合会場である体育館の裏手《うらて》で、あたしは立ち止まった。そのときにはもう、ボロボロと涙《なみだ》がこぼれていた。

「ふ、うぅ……。あたし、負け……っ！」

嗚咽《おえつ》にのまれた声は、自分のものとは思えないくらい震《ふる》えていて、弱々《よわよわ》しくて、それが悔《くや》しくてまたボロボロと次の涙《なみだ》があふれてきた。

悔しい、悔しい悔しい悔しい、悔しい。最後の大会だったのに。準決勝までいったのに。相手は年下だったのに。あと1本とれば勝てたのに。なのに、最後に上がったのは、相手の色の旗ばかりだった。判定にすら、ならなかった。あたしは、完璧《かんぺき》に負けたんだ。あたしの試合は、終わったんだ。

「ふ、ぅっ……！　ひっ、く……」

声にならない嗚咽《おえつ》ばかりが、涙《なみだ》と一緒に次々と足もとにこぼれ落ちていく。地面に染《し》みた涙《なみだ》を拾えないのと同じように、高校最後のあたしの試合も、やり直すことはもうできないのだ。


「見つけた」

背後から聞こえた声に、あたしはビクッと肩《かた》を震《ふる》わせていた。きっと、彼の目には、滑稽《こっけい》に映《うつ》ったに違《ちが》いない。

「負けて泣いてんの？」

ぽつりとこぼされたつぶやきに、頭の芯《しん》が熱くなる。

負けた事実は、変えられない。でも、そこで見せる姿は今からでも変えられる。

手の甲《こう》でグイッと涙《なみだ》をぬぐって、あたしは振《ふ》り返《かえ》った。そこに立っていた剣道着姿《けんどうぎすがた》の片岡を、真正面《ましょうめん》から見据《みす》える。

「泣いてなんかない。涙《なみだ》なんて女子っぽいものが、あたしに似合《にあ》うわけないでしょ。ちょっと気持ちの整理をしてただけ。もう戻《もど》るから」

自分に言い聞かせるように言って、あたしは大股《おおまた》で歩き出した。体育館へ戻《もど》るには、片岡の横を通り抜けて、来た道を戻らなければならない。

泣いてなんかない。もう、なんともない。体育館に戻ったら、あたしはまた、みんなに笑《わら》って応《こた》えるんだ。みんなが求める王子サマを演じるんだ。

「待てよ」

通り過ぎようとしたのをわかっているはずなのに、片岡は、あたしを呼び止めた。それ以上あたしが動けなかったのは、片岡の手が――ゴツゴツとした男の子の手が、あたしの手首をつかんでいたせいだ。

「そんな顔で戻《もど》ったら、みんなも驚《おどろ》くだろ。泣きたいなら、泣けばいい。俺が胸《むね》を貸《か》してやる」

「は……？」

一瞬《いっしゅん》、片岡が何を言っているのか、わからなかった。でも、「胸《むね》を貸《か》してやる」の意味がわかったとき、これまでが比《ひ》にならないほど頭の中全体が熱く燃え上がった。

「なに言って……！　そんなの借りない！」

「胸《むね》が嫌《いや》なら背中《せなか》でもいいからさ。とにかく、戻《もど》るなら、ちゃんと泣いてから戻れ」

譲《ゆず》らない声で言った片岡が、あたしの目をのぞきこんでくる。その目に、バカにするような色はなくて、あたしはパニックに陥《おちい》った。片岡の手を振りほどこうと、つかまれている腕《うで》をめちゃくちゃに振《ふ》りまくる。

「やめてよ！　負けた姿《すがた》が似合《にあ》うと思ってるんでしょ！」

「あぁ、似合《にあ》ってるよ。本気で勝負して負けた人間の悔《くや》し涙《なみだ》は、似合うに決まってるんだよ」

めちゃくちゃに振《ふ》っていた腕《うで》を、あたしはピタリと止めた。

思わず、片岡の顔をまじまじと見つめてしまう。真剣《しんけん》だったその顔が、ふいに、優しげな表情になった。

「俺が保証《ほしょう》する。今の寺島は、誰よりもカッコイイ女子だよ。――がんばったな」

あたしの腕《うで》をつかんでいた手が離れたかと思うと、ぽすんと、頭の上にのった。

「がんばったよ、寺島は。試合、カッコよかったよ」

子どもに言い聞かせるみたいに言いながら、片岡が、あたしの頭をぽんぽんし続ける。それしか、できることを知らないのだろう。

「――だったら、背中!!」

「え?」

「やっぱり、背中、借りていい?」

お、おう……とうなずいた片岡が、のろのろとあたしに背中を向ける。「貸してやる」って言ったのはそっちなんだから、もっと、ぱっと貸してくれたらいいのに。そんなことを思いながら、貸された背中に額《ひたい》を押しつけた。額からじんわり伝わってきた片岡の熱が、まるであたしをあやすように――抱《だ》きしめてくれているように、あたたかかった。


この熱も、あたしはやっぱり、どうしようもなく好きだ。

片岡の背中《せなか》に額《ひたい》を押しつけたまま、あたしは泣《な》いた。泣いてないなんてごまかしがきかないくらいに泣いて泣いて泣いて、「これだから、目が離せねぇんだよなぁ……」という片岡の声は、本当の声だったのか、あたしの心に聞こえたものだったかわからない。

「帰りに、クレープおごってやるよ」

甘い時間が、少しずつ、あたしを癒《いや》してくれる予感がした。

すべて、空に溶《と》けてしまえ。

屋上に行ってみようと思ったのは、流星群《りゅうせいぐん》のニュースを聞いたからだ。

わたしたちの通う高校は、屋上に自由に出られるようになっている。とはいえ、べつに何もない屋上に行こうとする生徒はあまりいない。わたしだって、その１人だった。

でも、流星群なんて見たことがない。真昼に流星群が見えるのかはわからなかったけれど、見られるものなら見てみたい。そんな思いで、わたしは初めて、校舎《こうしゃ》の屋上に向かった。

しかし、そこには先客がいた。

屋上の片隅《かたすみ》に仰向《あおむ》けに寝《ね》そべっていたのは、１人の男子生徒だった。両腕《りょううで》を頭のうしろで組んで枕《まくら》にして、ぼんやりと空を見つめているその横顔は、どこか物憂《ものう》げで、うっかりすると密《みつ》度《ど》の濃《こ》い初夏の空の青さに溶《と》けてしまいそうなくらいに、儚《はかな》く思えた。

だから、ついつい見つめてしまった。その気配に気づかれたのだと思う。男子生徒が寝《ね》そべったまま、ふいに顔だけをこちらに向けた。あ、と思ったときには、もう目が合っていた。

「だれ？」

「あ、ごっ、ごめんなさい邪魔《じゃま》しちゃって！　でもわたし、流星群を見にきただけだから！」

「流星群？」とつぶやきながら、男子生徒が体を起こす。やがて、少し考える様子を見せてから、「あぁ」と、ふたたび空を見上げた。

「そういえば、今日だっけ？」

たった今思い出したといわんばかりの様子は、どうやら、流星群を見にきたわけではなかったらしい。だったら、昼食か昼寝だろうか。眠《ねむ》っていたふうには、見えなかったけれど。

そのとき、もう一度、男子生徒がこちらに首をひねった。

「流星群」

「え？」

「見に来たんでしょう？　だったら、見ていけば？　見えるかわからないけど」

そう言われて立ち去るのも不自然だ。結局、わたしはその男子生徒から適当に距離《きょり》をおいたところに座《すわ》ってひざを抱《かか》え、空を見上げることにした。

でも、いくら待っても、目を凝《こ》らしても、流れてくる星は見えない。

「やっぱり、昼間に流星群を見るのは難しいのかな……」

たしか、朝の情報番組でも、そんなようなことを言っていた気がする。もしかしたら、と思いながら来たけれど、やっぱり見えないのかもしれない。

「やっぱり見えないや。あきらめよう」

黙《だま》って立ち去るのもどうかと思い、わざと彼に聞こえるようにつぶやいて、立ち上がったときだった。

「空が好きなの？」

「え？」

「すごく真剣《しんけん》に見てたから」

「……はい」

真剣に見ていたのは、流星群を見逃《みのが》すまいとしていたからだったけど、その理由を端折《はしょ》って、わたしはうなずいていた。

「そっか。それじゃあ、僕と一緒だね。まぁ、僕は雲だけど」

そう言って、男子生徒が小さく笑う。どこか物憂《ものう》げで、空に溶《と》けてしまいそうなくらい儚《はかな》い

その笑顔に、わたしは理由もわからないまま、引きつけられた。

それから、校舎の屋上は、わたしのとっておきの場所になった。秘密基地《ひみつきち》というには開放的だったが、秘密にしておきたいプライベートな空間。そこでわたしは、ほぼ毎日、関《せき》くんと会っていた。

「こんにちは、関くん」

「あ、宮城《みやぎ》さん。こんにちは」

声をかけると、寝転んでいた関くんが目を開けて、上半身を起こした。あの日も見た、昼寝から起こされた猫《ねこ》のような笑顔に、わたしは今日も、小さく弾《はず》んだ胸《むね》をそっと押さえる。

関くんは、隣《となり》の隣のクラスの同級生だった。入学してから1年以上、晴れた日は、こうして屋上で空を見ていたらしい。

「雲が、好きなんだ。毎日見てても、少しも飽《あ》きない」

それ以上の理由を、関くんの口は語らない。でも、それでいい。何かを好きになるのに、理《り》

屈《くつ》で説明できる理由なんて必要ないのだから。

でも、眺《なが》めているうちに少し詳《くわ》しくなったのだと言って、関くんは笑った。

「あっちにポコポコ浮《う》かんでるのが、ひつじ雲。羊の群れみたいに見えるでしょ？　あ、あのへんにうす雲が出てるから、明日は雨になるかもしれないよ」

「へぇー、そうなんだ」

関くんに説明されて空を見上げれば、そこには、驚《おどろ》くほどいろいろな種類、いろいろな形の雲があった。

「雲って、空からのメッセージなんだと思うんだ。だから、ずっと見てられる」

そう言って、今日も関くんは空を見つめる。その横顔が、最初は物憂《ものう》げで儚《はかな》く見えたけど、今は、とても優しくて、やわらかく見えるから不思議《ふしぎ》だ。

でも、長くは見つめていられない。わたしが見つめていることに気づかれたら恥《は》ずかしすぎるから。わたしにとっては、空よりも、関くんのほうが多くの魅力的《みりょくてき》な表情をもっている。

「じゃあ、また明日ね。あ、雨が降ってなかったら」

「うん。また明日」

そうやって、わたしたちは昼休みを終える。晴れていたら、また明日。その言葉と、頭の上に広がる空が、わたしたちをつないでくれた。

関くんはいつも、わたしより先に屋上にいて、空を眺《なが》めている。その横顔があまりにも真剣《しんけん》に見えて、なかなか声をかけられないこともある。でも、そういう時間も、わたしは嫌《きら》いじゃない。少し遠くから、じっと関くんのことを見つめているだけでも、わたしの胸《むね》は弾《はず》んでしまうから。

夏が迫《せま》ったある日、わたしは屋上に向かいながら、階段の窓《まど》から射《さ》しこんでくる日差しに目を細めた。屋上には、日差しをさえぎるものが何もない。猛暑《もうしょ》、酷暑《こくしょ》という言葉がニュースでも聞かれるようになってきたこれからの季節は――梅雨《つゆ》の間の雨の白は仕方がないとしても――空の観察には厳しい季節だ。それでも関くんは、空を見上げるのをやめないのだろうか。

そんなことを考えながら屋上に出ると、やっぱり、関くんがいた。全身に初夏の日差しを浴《あ》びながら、腕《うで》を枕《まくら》に仰向《あおむ》けになっている。いつもと同じ体勢だ。

「関くん」

ゆっくりと近づきながら、声をかけた。けれど、反応がない。よく見れば目を閉じている。

「もしかして、寝《ね》ちゃってる？」

初めてのシチュエーションだ。いつもまっすぐなまなざしを空に向けている関くんの寝顔なんて、見たことも、想像したこともなかった。

「関くん……？　寝てるの？」

隣《となり》に腰《こし》を下ろして、そっと声をかけてみる。やっぱり、反応はない。返事のかわりに、関くんの胸がゆるやかな上下運動を繰《く》り返《かえ》している。体の中で肺《はい》が、膨《ふく》らんだりしぼんだりしているのだろう。どうやら、本当に眠《ねむ》っているらしい。

どうしよう。起こしたほうがいい？　それとも、疲《つか》れているのかもしれないから、このまま寝かせてあげたほうがいいのかな……。でも、暑くないかな？

あれこれ考えている間にも、すぅ、すぅ、と規則正しい寝息が聞こえてくる。わたしたちのまわりだけ、時間の流れがゆるやかだ。強くなりつつある日差しも、今は気にならない。

「まつげ、長い……」

穏《おだ》やかな寝顔に、思わず声が出た。うらやましいくらい、まつげが長い。そんなことが思えるようになったのも、初めて会ったあの日より、ずっと関くんの近くに座って、関くんを見ることができるようになったからだ。

関くんの隣《となり》は心地《ここち》いい。そこにいるだけで、とても落ち着く。空に向けられるまなざしも、くしゅっと笑う顔も、雲を指さして語る声も、これからもずっと、近くで感じていたいと思う。

――ねぇ、関くん。この気持ち、わたし、どうすればいいのかな……。

「う、うぅん……」

そのとき、関くんの唇《くちびる》から吐息《といき》とともささやきともとれない声がこぼれて、わたしは近づけていた顔をバッと離した。まさか、考えていたことが伝わったなんてはずはないのに、妙《みょう》に緊張《きんちょう》してしまう。

けれど、関くんが目を開ける様子はない。寝言《ねごと》かな、と、ドキドキしながら様子を見ていると、身じろぎした関くんが、またつぶやいた。

「――も……くも……」

「え？」

雲、と言ったのだろうか。もしかして、関くんは、夢の中でも空を見上げているのだろうか。

「どれだけ好きなのよ」

関くんを起こさないように小さくつぶやいて、わたしは立ち上がろうとした。大好きな空の下で、大好きな雲の夢を見ているまま、今日は寝かせてあげようと思ったのだ。

なのに、わたしはその場を動くことができなくなった。

屋上に手をつき、腰《こし》を浮《う》かせた瞬間《しゅんかん》、かっと手首をつかまれた。突然《とつぜん》のことに声も出ず、全身を硬直《こうちょく》させたわたしに、関くんがぼんやりと開いた目を向けてくる。

「――も……行くな……」

「えっ？」

わたしの手首をつかむ手に、さらに力がこもった。わたしを放すまいとしている手は関くんの手で、「行くな」とささやいた唇《くちびる》は関くんの唇で――そのことに、わたしの心臓は大きく飛《と》び跳《は》ねた。

「せ、関くん？」

バクバクとうるさい心臓の音に、わたしの震《ふる》えるつぶやきは、かき消される寸前《すんぜん》だ。

それでも、どうか放さないでと、わたしの手首をつかんでいる手に、わたしは願っていた。

まどろみの中をただようようにぼんやりしていた関くんの目が、少しずつ、焦点《しょうてん》を定めてゆく。やがて、関くんの目がわたしの目を真正面からとらえ、直後にハッと見開かれた。

関くんが、パッとわたしの手を放す。同時に、跳《と》び上《あ》がるように上半身を起こした関くんは、「ごめん」と小さくつぶやいて、わたしの視線から逃《のが》れるように、片膝《かたひざ》を立てて横を向いてしまった。

どうやら、寝ぼけていただけらしい。わたしの手をつかんだのも、「行くな」と言ったのも、ぜんぶ、浅い眠《ねむ》りのなかで夢と現実が混濁《こんだく》していたせいなんだろう。気まずそうな関くんの背《せ》中《なか》は、ほかの可能性を否定《ひてい》しているようだった。

バカみたい。寝《ね》ぼけていただけの彼に、あんなにドキドキしたなんて。そんなむなしさもこみ上げてきたけれど、それ以上に、今はこの気まずい沈黙《ちんもく》をどこかへ払《はら》ってしまいたい。

「本当に、好きなんだね」

「えっ？」

「『雲』って、寝言で言ってたよ。夢にも見るくらい、雲のことが好きなんだ？」

なんでもない表情をなんとか装《よそお》いながら、その場に座《すわ》り直《なお》す。同じように関くんも笑ってくれると思っていた。でも、関くんは、笑っていなかった。

反対に、曇《くも》り空《ぞら》より沈鬱《ちんうつ》な表情を、空でもわたしでもなく、コンクリートの屋上に向けた。

「違《ちが》うんだ……。寝言《ねごと》で言っていたっていう、その『くも』は、空に浮かんでいる雲のことじゃなくて……僕の、幼《おさな》なじみの名前なんだ」

「え？」

思ってもみなかった話に、どう返せばいいのかわからない。だって、ただ、仲のいい幼なじみの夢を見ていただけなら、悲しみや痛みの浮《う》かんだ今の表情は合《あ》わない。わたしは、それ以上の質問を投げかけることができなかった。投げかけてはいけない気がしたからだ。

関くんが、ゆるゆると顔を上げる。わたしのほうを向いて、力なく笑った関くんは、初めて会った日の何倍も物憂《ものう》げで、何倍も儚《はかな》げだった。

「僕と同い年の幼なじみ、『美雲《みくも》』って名前でさ。女の子。いつも青空に浮かんでいる雲みたいにフワフワしていて、自由が大好きで、気持ちのいい女の子だった。でも……2年前に死んじゃったんだ。交通事故で」

「え……」

「彼女、自分の名前と同じだからっていう単純な理由で、雲が大好きだったんだ。いつも空を眺《なが》めて、『わたし、雲みたいな人になりたい。名前だけじゃなくて』って、しょっちゅう笑ってた。だけど、本当に天に召《め》されるなんて……」

そう言って、関くんが顔を上げる。必死に何かをこらえようとしている瞳《ひとみ》に、真っ青な空が映《うつ》りこんでいた。

「――だから僕は、空を見るのをやめられないんだ。そこに美雲がいるから」

そうつぶやいた関くんの瞳から、空のカケラが、頬《ほお》につたったように見えた。

――空が好きなの？　それじゃあ、僕と一緒だね。

――毎日見てても、少しも飽《あ》きない。

――雲って、空からのメッセージだと思うんだよね。だから、ずっと見てられる。

そうか。そうだったんだ。

関くんが空や雲を好きなのは、そこに大切な幼なじみの美雲さんがいるから。

毎日移り変わる雲の形に、彼女からのメッセージを読み取っていたから。

大切な人とめぐり逢《あ》うことのできる時間に、飽《あ》きたりなんてするはずがない。

「2年経《た》つのに、忘れられないんだ」

瞳《ひとみ》に空を映《うつ》したまま、関くんが言葉をつむいでゆく。それは、空が雲を編《あ》むように繊細《せんさい》で神《しん》秘的《ぴてき》な語らいだった。

「最後に会った日の彼女の顔とか、声とか、仕草《しぐさ》とか、僕はまだぜんぶ憶《おぼ》えてて……写真に撮《と》ったみたいに、目の前に、思い出せるんだ。なのに、本当の美雲はもうどこにもいない。記憶だけが鮮明《せんめい》で、そのチグハグさに、頭がどうにかしてしまいそうなんだ。

だから、こうやって空を眺《なが》めて、美雲はあそこにいる、地上にはもういない、空から僕のことを見て笑ってるんだって、自分に言い聞かせるんだ。美雲のことは今でも大切だし、忘れようなんて思っちゃいないけど……。美雲は、雲になりたがってたんだから。ちゃんと、あそこにいるんだから。だから僕は、美雲を、空に還《かえ》してやらなきゃいけないんだ」

その言葉は、きっと、わたしに聴《き》かせるためのものではなかった。関くんが、関くん自身に言い聞かせるための言葉だった。

こういうとき、どんなふうに声をかけるべきなのか。

こんなふうに悲しみを抱《かか》えた人に、どんな言葉を向けるべきなのか。

その答えをすぐに見つけ出せるほど、わたしはまだ、人というものを知らない。

だから、ただ黙《だま》って寄《よ》り添《そ》うことしか、待つことしか、今のわたしにできることはなかった。

うなだれている関くんに指先を伸《の》ばして、さわ、と、その髪《かみ》に触《ふ》れる。振《ふ》り払《はら》われたときには黙《だま》って振り払われようと思っていたけれど、関くんは、静かにわたしの指先を許《ゆる》してくれた。

しっかりとした黒髪《くろかみ》には、初夏の熱が宿っていた。その熱に負けないように、わたしの熱がちゃんと彼に届《とど》くように、何度も何度も、わたしは関くんの髪《かみ》をゆっくりとなでた。

彼の中にいる美雲さんは、まだしばらくの間、そこにいるに違《ちが》いない。わたしが横から、彼女の存在を引きはがすことはできない。でも、それでも、いつか彼の中から美雲さんが本当に空に還《かえ》るときがきたら、そのときは、わたしが彼の心に触《ふ》れてもいいだろうか。彼の髪や手ではなく、それよりももっと深くて温かい部分に、寄《よ》り添《そ》いたいと願ってもいいだろうか。

初めて屋上に来たあの日、そこに星は流れなくても、星よりずっと輝《かがや》くあなたを、わたしは見つけてしまったから。

恋愛デビュー

「勉強が好きだ」と言うと、「変わってる」と返されるが、私はそうは思わない。やればやっただけ結果は出るし、今までわからなかったことがわかるようになったり、新しい知識が増えたりもする。

それに、前回よりテストの点数が上がったりするのは、単純に楽しい。点数が下がってしまったときは、「どうしてこうなったのか」を分析《ぶんせき》して次に生かす。それもまた「勉強」のおもしろさの一つだ。

だから私は、中学のころ、「変わり者」扱《あつか》いされていた。大多数のなかに置かれた少数を、「異端《いたん》」扱《あつか》いするのが、世の中のセオリーだから。

クラスの女子たちはいつも、流行のファッションやスイーツ、ドラマや芸能人の話でキャーキャー盛《も》り上《あ》がっていたけれど、そういう話に私はまるで興味がなくて、自習しているか読書していたかのどちらかだった。

そんな私がクラスで孤立《こりつ》するのは簡単だ。「ガリ勉」「変人」「地味」「暗い」「何を考えてるのかわからない」――一番ショックだったのは、「つまんないヤツ」と笑われたことだった。

そう言ってきたのが、ひそかに気になっていた男子だったから。初恋の男の子に笑われるなんて。勉強が好きというだけで、友だちができないなんて。本当は、友だちがほしかった。恋愛だってしてみたかった。

だから、私、水原穂波は一大決心をした。


「よしっ！　髪《かみ》、ヘンじゃない！　スカート丈《たけ》も大丈夫《だいじょうぶ》！　ペンケースもハンカチも持った！　行ってきまーす!!」

最後の身だしなみチェックを終えて、私は家を出た。

今年の春から高校生になった私は、「高校デビュー」することに決めた。

ファッション雑誌をチェックして、髪形はそのマネをする。制服は適度に着崩《きくず》して、アレンジする。流行《はや》りの雑貨があれば買ってみて、クラスで会話についていけるようにする。人気のテレビ番組や動画は欠《か》かさずチェックして、芸能人やドラマの話題にも後《おく》れないようにする。

そのおかげで、私は高校のクラスでは「大多数」に入ることができた。

「おっはよー！」

「おはよー、穂波《ほなみ》ー。あ！　今日のヘアアレンジもカワイイ！」

「ちょっと編《あ》み込《こ》み、がんばってみたの」

「そのヘアアクセ、今月号の『ベリーベリー』で紹介されてたやつでしょ？　いいなー！」

「さすが穂波！」

友人たちに「えへへ」と返して、朝からアレンジをがんばった髪の先をいじる。

こうして努力したおかげで、私はようやく友だちを手に入れた。

もちろん、勉強をおろそかにしたわけではない。ただ、学校では必死さを見せないのがコツだ。中学のときは休み時間にも自分の席で自習していたけど、休み時間は友だちとおしゃべりする時間だ。だから勉強は家でやる。最初は、高校生になってイメチェンした私を見て驚《おどろ》いていた家族も、家での勉強時間が増えたことで不安は一掃《いっそう》されたらしく、何も言ってこない。まさに一石二鳥、一挙両得《いっきょりょうとく》だ。

しかも、効果はそれだけではなかった。

一学期の中間試験が終わったあとのことだ。もちろん私は、学校ではそんな姿《すがた》を見せなかったが、家では必死に試験勉強をしたので、すべての教科でまずまずの点数をとることができた。それを見た友人たちが、「え、穂波すごくない？」と、ざわざわし始めたのだ。

「穂波って、頭よかったんだ！」

「どんなテスト勉強してるの？　あたしにも教えてー！」

まさか、中学で「ガリ勉」とからかわれていた私が、こんな形でもてはやされることになるなんて。私は、テスト勉強のコツを、みんなに教えた。もちろん、家では必死に勉強していることは隠した。あのときの孤独《こどく》も、まるでムダだったわけじゃないんだな、と、少し誇《ほこ》らしい気持ちになった。

高校には、同じくらいの学力の生徒が集《あつ》まっている。それでも、中学と同じスタイルで勉強していたら、やはり「ガリ勉」と評《ひょう》されていたに違《ちが》いない。まず、今のキャラクターを築《きず》いておいたからこそ、見た目とのギャップで「すごい」という評価《ひょうか》につながったのだ。

つまり、私の「高校デビュー」は、間違《まちが》っていなかったということになる。

「よし！　勉強のしかたを教えてくれたお礼に、穂波にクレープおごるよ！」

「え、でも……」

「いいの、いいの！　だって、次の試験でいい点を取れそうだもん。ねぇ、みんなも行こうよー。あっ、みんなは自腹《じばら》だからね！」

「えー、ケチー」

「ケチじゃない！　穂波には、お礼なんだから！」

「あははっ！　うん、いいね。じゃあ放課後、みんなで行こ！」

「穂波も、それでいい？」

「うん、もちろん！　ありがとう、楽しみ！」

――あぁ、今の私、すごくフツーの女子高生っぽい。バカにされることも、からかわれることもない。フツーに話をして、フツーに遊んで、これが、フツーの高校生活なんだ。

理想の学校生活を、私はようやく手に入れた。

友だちができると、少しずつわかってきた。どうして中学時代には友だちができなかったのかが。それは、私が自分で、近づきがたい雰囲気《ふんいき》を出していたせいだ。

学校というのは、共同生活を送る場所だ。同世代の人間が膨大《ぼうだい》に集まる学校というコミュニティにおいて、よけいな誤解《ごかい》や摩擦《まさつ》を生まないためにも、「相手に合わせ、自分を演じること」は少なからず必要だったのだ。

だから私は努力した。学校という巨大なコミュニティに、無粋《ぶすい》なキシミやユガミを生んでしまわないように。一度しかない高校生活を、みんなで楽しく過ごすために。理想の高校生活を、これからも続けていくために。

「――で、こないだ彼氏とフラワーランドに行ったの。めっちゃ楽しかったよ！」

「いいなー、フラワーランド！　デートの定番だもんねぇ」

「あたしも行ってみたーい」

放課後、クレープを食べながら、私は友人たちの話に耳をかたむけていた。高校生にもなれば、彼氏もちの友人もいる。「デートでどこに行った」とか、「ファーストキスしちゃった！」とか、そういう話をキラキラした瞳《ひとみ》で友人たちは語っている。

「いいなー。あたしも彼氏ほしいなー」

誰かがそう言えば、彼氏のいない女子たちは、そろって「わかるー」「だよねー」と首を縦《たて》に振《ふ》る。

そういうとき、私は決まって、中学のときの失敗を思い出す。あんな思いは、もうしたくない。「つまんないヤツ」と鼻で笑《わら》われるような恋は、もう二度と。

今の私は、あのころの自分とは違《ちが》う。ガリ勉でも、地味でも、暗くもない。あたりまえのように大多数に分類され、そのなかで自然と笑《わら》っていられる、フツーの女子高生だ。

フツーの女子高生らしいオシャレも友だちも手に入れた。あとは彼氏さえできれば、中学のころの孤独《こどく》な自分とは、決別《けつべつ》できるような気がした。

「私も彼氏ほしいなぁ。恋愛は、女子高生の華《はな》だよね」

クレープを頬《ほお》ばりながら私がつぶやくと、友人たちがキラリと瞳《ひとみ》を輝《かがや》かせた。

「やっぱり、彼氏ほしいよね！　高校生の恋愛は今しかできないんだし！」

「穂波なら、すぐに彼氏できるよ！　てゆーか、いないのが信じられない」

「え、そう？　そんなことも、ないと思うけど……」

「口だけで、本気じゃないんでしょ？　本気で彼氏つくりなよ！　楽しいよー」

のろけモードになった友人が、いとも簡単にそんなことを言ってのける。

楽しいだろうな、と思う。それは、顔を見ていればわかる。それに、彼氏のいる女の子は、ますますかわいく、きれいになっていく。それは、雑誌に載《の》っているファッションアドバイスを実践《じっせん》しているからでも、人気の美容院に通っているからでもない。恋をすることが、彼女たちをますます「女の子」にしているのだろう。

私も、もっとかわいくなりたい。悔《くや》しくて悲しい思いは、もうしたくない。あのころよりは明るく、オシャレになったおかげで、自信もついた。今の私なら、きっと彼氏だってつくれるはずだ。中学では楽しめなかった分まで、もっともっと学校生活を満喫《まんきつ》できるはずだ。


——でも、どうすれば、彼氏ができるんだろう。


その日から、私は考え始めた。男子が好きになる女子のタイプや服装、仕草《しぐさ》、しゃべり方、話の内容は、ネットや雑誌でもたびたび見かける。それから、自分磨《みが》きの方法も。

「自分磨《みが》きなんて、もう、イヤっていうほどやったよ……」

高校に入学するときに、自分がすり減ってなくなってしまうのでは、と思うほど自分を磨《みが》いた。たしかに、それは女友だちをつくるためだったから、彼氏をつくるためにする自分磨きとは、また違《ちが》うのかもしれない。だからといって、合コンのようなことをするのは気が進まない。男子校の男子たちと放課後、カラオケに行って、そこで彼氏と出会ったという女子もいるけど、そこまでの行動力は、まだ私にはない。もちろん、「彼氏」がある日、目の前に落ちてくるものではないことだって、わかっている。

「彼氏をつくるって、何をすればいいの？」

朝の下駄箱《げたばこ》で、思わずそうつぶやいたときだった。

「水原《みずはら》、彼氏ほしいの？」

背後《はいご》から急に声をかけられて、私は思わず靴入《くつい》れのフタを力いっぱい閉《し》めてしまった。

振《ふ》り返《かえ》ったところに立っていたのは、クラスメイトの玉城《たまき》くんだった。よりにもよって玉城くんに聞かれてしまうなんて、と、自分の不運を呪《のろ》いたくなる。

玉城くんは、中学のときの初恋相手に少し似《に》ている。笑《わら》ったときに見える八重歯《やえば》が少しヤンチャそうで、でも、ほっそりしたあごと、レンズの小さめなメガネが知的な雰囲気《ふんいき》を上乗せしていて、不思議《ふしぎ》とバランスが取れていた。初恋相手の顔にメガネをかければ、きっと、かなり玉城くんに似《に》る。

初恋相手に似ている、というだけで意識するのもバカバカしいけど、こればっかりは仕方がない。とくに私の初恋は、苦い記憶になってしまったから。

だから、高校では、ハッピーな恋愛をしたいのだ。

「彼氏がほしいって思っちゃダメなの!?」

なかば責《せ》めるような口調で玉城くんに答えて、上履《うわば》きを履《は》いた私は廊下《ろうか》を歩き出した。そのあとを、玉城くんがついてくる。クラスが同じなのであたりまえだけど、ちょっと気まずい。

べつに玉城くんも、たまたま聞こえてきた声に反応してしまっただけで、私に彼氏ができようができまいが気にしないだろう。そう思ったのに、玉城くんはさらに話しかけてきた。

「意外。水原も、そんなこと考えるんだね」

「そんなことって……」

「彼氏がほしい、って。水原は、そんなことを口に出すタイプじゃないって思ってた」

意味深《いみしん》な言い回しに、ドキッとする。今のは、バカにされたんだろうか。でも、不思議《ふしぎ》とトゲは感じなかった。玉城くんは、私のことを、どんなタイプと思っているのだろう？

「どういう意味？」

私が思わず尋《たず》ねると、メガネ越《ご》しに、玉城くんが視線を送ってきた。

「だって、『彼氏がほしい』っていう感覚が、俺にはよくわからないから」

「ってことは、玉城くんは、彼女がほしいって思わないタイプの人なんだ？」

ほかに打ち込んでいるものがある人は違《ちが》うかもしれないが、高校生活に「恋愛」を求めるのは、女子も男子も同じだろう。私は、少しだけ嫌味《いやみ》な口調で言ってやった。しかし、玉城くんは、そんな嫌味に気づく様子もなく、さらりと言った。

「順番が逆じゃない？」

「順番？」

「好きな人ができた。だから、その人と付き合いたいっていうのが、本来の順番じゃない？

水原の言い方だと、誰でもいいからとにかく彼氏がほしいって意味に聞こえるよ」

「まさか。誰でもいいワケないじゃん」

「だったら、まずは恋をしないと。じゃなきゃ、本当の恋愛は始まらないよ」

そう言って、玉城くんが微笑《ほほえ》んだ。

「意外だ」と、玉城くんは私に言ったけど、私には玉城くんのほうが意外だ。そんな恋愛観をもっていたなんて。そして、それをこうやって私に話してくるなんて。

しかも、玉城くんの話には、まだ続きがあった。

「それに、彼氏がほしいから自分を飾《かざ》ってよく見せる、なんてことになったら、ますます本末《ほんまつ》転倒《てんとう》だよ」

「え？」

「だって、飾りたてた自分を好きになってもらえたとしても、それは偽《いつわ》りの自分じゃない？付き合ってるうちに、本音を出せない場面が増えてきて、徐々《じょじょ》に苦しくなると思うよ。水原自身も、演《えん》じている自分に疑問を抱くようになると思う。嫌《きら》われないように飾《かざ》った自分を演じ続ける必要がある相手なんて、一緒にいても、つらいだけじゃない？　本当の水原は、そんな嘘《うそ》の自分が好きな彼氏でもほしいの？」

心の内を見透《みす》かすような視線を送られて、ふいに歩みを止めそうになった。

「本当の水原」だなんて、私の何を知っているというんだろう。そんな疑問に答えるように、玉城くんが真剣《しんけん》なまなざしになる。

「今のは、恋人だけじゃなくて、友だちにも言えることだと思うよ」

「えっ……」

「飾《かざ》りたてた水原しか見ないような人。本音をしまいこんでおかなきゃ付き合えない人。それって、本当の友だちって言える？　水原がほしいのは、うわべだけの彼氏と、うわべだけの友だち？」

急所を撃《う》たれたような気がした。今、一緒にいる友人たちは、決して性格が悪いわけではない。でも、反論できなかった。そして、そこだけは触《ふ》れてほしくなかった。怒りがこみ上げてくる。

「ちょっと、こっち来て!!」

気づけば、私は玉城くんの腕《うで》をつかんでいた。そのまま、今歩いてきた廊《ろう》下《か》を逆《ぎゃっ》行《こう》して、開いていた扉《とびら》から渡《わた》り廊《ろう》下《か》に出る。食堂につながる渡《わた》り廊《ろう》下《か》には、この時間、誰の姿《すがた》もない。

「今の、どういう意味？　私の何を知ってるっていうの!?」

――私が「高校デビュー」だってこと、知ってたの？

そんな言葉が口から飛び出しそうになったけど、それだけはこらえた。何を考えているのかわからない相手に、そこまで手の内をさらすのは悪手だ。

けれど、そんな私の警戒心《けいかいしん》さえ見抜《みぬ》いているかのように、玉城くんは涼《すず》しい顔でメガネを押《お》し上《あ》げた。

「知ってるっていうか、見てればわかるだけだよ。自分と同じにおいがする人は」

「同じにおい？」

その言葉が何を意味するのか、とっさには理解できなかった。玉城くんも「高校デビュー」組だというのだろうか？　それにしては、「デビューした感」がまるでない。中学の私ほどではないにしても、玉城くんは、おとなしくて地味な部類に入る生徒だからだ。素材はいいのに、もったいないと思えるほどだ。

ついジロジロ見つめてしまったが、玉城くんはイヤな顔ひとつせず、あっさりとこう言った。

「俺の場合、アップデートじゃなくて、ダウンデートだけどね」

「ダウンデート？」

「中学のときはまわりの空気を気にして、自分を偽《いつわ》って明るく振《ふ》る舞《ま》ってたけど、高校に入ったら、そういうのやめようと思って、素《す》の自分に戻《もど》したんだよ。おかげで、ずいぶん楽になった。自然体の俺を受け入れてくれる友だちもできたし、まぁ中学のころよりは地味かもしれないけど、俺にはそれが合ってるなって、よくわかった。だから水原も、自分を偽《いつわ》るのはやめて、素直な自分に戻《もど》ればいいのにって思ったんだよね」

素直な自分。自然体の自分。飾《かざ》ることに意味はない。

言葉で言うのは簡単だ。でも、それは本当のことなのだろうか。だって、中学のころの私は、あんなにつらかったのだから。

「玉城くんはそれでよかったかもしれないけど、私はダメなの。男子と女子じゃコミュニティも違《ちが》うし、付き合い方も違う。本音ばっかりじゃハレーションが起きちゃうこともあるの」

「『ハレーション』？　やっぱり、水原は賢《かしこ》い考え方をするね」

そう言って、にこりと玉城くんが笑《わら》う。初恋相手とよく似《に》た八重歯《やえば》が唇《くちびる》の隙間《すきま》からのぞいて、どうしていいのか、私はわからなくなった。

「とにかく、私のことはほっといて！　私がどういう恋愛しようが、玉城くんには関係ないでしょ！」

この会話を終わらせないと、どんどんペースを乱《みだ》される。私は強引《ごういん》に話を切り上げ、さっさと教室に向かおうとした。なのに、長い腕《うで》が、私の行く手を阻《はば》んだ。

私の目の前に、通せんぼをするみたいに片腕《かたうで》を伸《の》ばした玉城くんが、いっそう八重歯《やえば》を見せる笑《わら》い方《かた》をする。

「関係なくないから、こんな話をしたんだけど？」

「え？」

「順番が気にならないなら、試《ため》しに俺と、順番が逆の恋愛をしてみようよ」

あまりにも唐突《とうとつ》な提案《ていあん》に、思考が停止《ていし》しそうになった。

「――は!?　なに言ってるの!?」

「彼氏がほしいんだろ？　だったら、俺と付き合わない？　もしかしたら、付き合ってるうちに好きになるっていうこともあるかもしれないし」

玉城くんの笑顔《えがお》の理由がわからない。一応《いちおう》、交際を申し込まれているということになるのだろうけど、朝からこんなにさわやかな笑顔で言われることではない気がする。それも、「付き合ったら好きになるかもしれないし」なんて告白は、聞いたことがない。

「じょ、冗談《じょうだん》だよね？　玉城くん、さっき言ってたもんね。『好きな人ができたから、その人と付き合いたいって思うのが本来の順番だ』って」

「うん、俺はそう思う。でも、水原にとっては逆の順番だとしても、俺にとっては、これは正しい順番だよ」

「え……」

「俺にとっては、正しい順番」って？　「彼氏がほしい」という私をからかっているのだと思っていたのに、今の言葉は、まるで……。

「どう？」

不意に玉城くんが顔を近づけてきて、私は後ずさりした。それを逃《に》がすまいと、今さっきまで通せんぼしていた腕《うで》を、玉城くんがこちらに伸《の》ばしてくる。

肩《かた》にかけていた通学カバンの取っ手をつかまれて、それ以上うしろに下がれなくなった私に、玉城くんはいっそう八重歯《やえば》の見える笑顔《えがお》を近づけてきた。

「ねえ。俺と、付き合ってみない？」

その言葉は、偽《いつわ》り？　今、私に向けられている笑顔は、つくられたものなんだろうか？

それとも――

「ずっと、思ってたんだ。俺は、本当の水原を見てみたい。水原が考えてることを、水原の言葉で聞きたい。水原が、素直な自分を見せたいって思えるような男になるよ、俺は」

メガネの奥に、知的な瞳《ひとみ》が光る。いつの間にか、どうしようもなく胸《むね》がドキドキしていたのは、私を見つめる瞳《ひとみ》が初恋の相手のそれに似《に》ているからではなかった。こんなまっすぐな瞳に見つめられたことが、今までに一度もなかったからだ。

悔《くや》しい。こんなにドキドキするなんて。こんなに、動けなくなるなんて。

悔しい――もっと、あなたの素顔《すがお》を見てみたい、だなんて。

素顔のきみと

身体的なコンプレックスというものは、誰でも、ひとつやふたつ持っているものだと思う。背《せ》が低いことを嘆《なげ》く男子がいれば、背が高いことを隠《かく》そうと猫背《ねこぜ》になる女子がいる。色白になりたいと悩《なや》む女子がいれば、女の子のような顔立ちでからかわれてきた男子がいる。もう少し、鼻が高ければ。このホクロさえ、なかったら。もう少し、胸があったら。この一重《ひとえ》まぶたが、二重《ふたえ》まぶただったら。

誰もが「もしも」を考えずにはいられないコンプレックス。わたしの場合、それは「視力《しりょく》」だ。わたしの視力が下がり始めたのは、小学校3年生のころ。わたしは本を読むのが何よりも好きだった。クラスメイトがテレビゲームや携帯《けいたい》ゲームに夢中《むちゅう》になるなか、わたしはそれらに、まったく興味を持たなかった。マンガでもなく、ページの端《はし》から端《はし》まで文字の詰《つ》まった「本」が大好きだった。

目が悪くなったのは、本を読みすぎたせいかもしれない。あるいは、両親とも目が悪かったので、遺伝《いでん》なのだろうか？　はじめは、授業中だけメガネをかけるので間に合ったのだが、視力は年々悪くなり、中学に入るころには常《つね》にメガネをかけていないと生活に支障《ししょう》をきたすまでになっていた。

しかも、わたしの場合、極度《きょくど》の近視《きんし》に乱視《らんし》もまじってきたせいで、メガネのレンズはかなり分厚《ぶあつ》くなった。「びん底《ぞこ》メガネ」なんて、昔《むかし》のアニメやマンガに出てくるものだと思っていたのに、わたしのメガネはまさに「びん底」だ。かけると、レンズ越《ご》しに顔の輪郭《りんかく》がズレて見えるし、目も小さくなる。

クラスメイトにも、よくからかわれた。「コント用のメガネ」だとか、「それって変装なの？」とか。メガネメーカーのコマーシャルにわたしの名前を組み込んだ替《か》え歌《うた》を、そばで合唱されたこともあった。しかし、いくらからかわれても、メガネをはずして学校生活を送ることはできない。心ない声に下唇《したくちびる》を噛《か》みしめながら、わたしは、必死に耐《た》えていた。

だから、わたしはメガネをかけた自分の顔に、強いコンプレックスを抱《いだ》くようになった。鏡《かがみ》に映《うつ》る、メガネをかけた自分の顔が、わたしは嫌《きら》いだ。鏡を見れば、子どものころの嫌《いや》な記憶を思い出してしまうから。

だから高校生になったとき、わたしは母親に、「コンタクトレンズにしたい」と言った。母親は、わたしのコンプレックスを知っていたので、すぐに同意してくれた。

わたしは大きな期待と、わずかな不安を胸《むね》に眼科を受診《じゅしん》し、コンタクトレンズを買った。

でも、残念ながらそのコンタクトレンズが、わたしには合わなかった。ソフトタイプのコンタクトレンズは眼球《がんきゅう》に密着《みっちゃく》する感覚が強く、乾燥対策《かんそうたいさく》の目薬が手放せない。ハードタイプも試してみたが、これは瞳《ひとみ》の上をゴロゴロと動く異物感《いぶつかん》が我慢《がまん》できなかった。これでは、授業に集中できない。

結局、わたしは目に合わないコンタクトレンズをあきらめ、メガネ生活に戻《もど》るしかなかった。

結果、わたしは一生付き合っていくしかなくなったコンプレックスと、今も戦い続けている。

いや、「戦っている」とは言えない。わたしは、自分のコンプレックスに負けた。メガネをかけたアンバランスな顔を見られるのが嫌《いや》で、顔を伏《ふ》せるのがクセになり、連鎖的《れんさてき》に、猫背《ねこぜ》になってしまった。きっと、その姿勢《しせい》が、いっそうわたしを暗い印象にしてしまったんだろう。

「地味で暗くて、幸薄《さちうす》そう」。高校のクラスメイトがわたしのことをそう言っているのを、わたしは知っている。

わたしは、小学生のころから何も変わっていない。高校生にもなると、子どもじみたからかい方は、誰もしないというだけ。言葉選びが変わっただけで、みんながわたしに抱《いだ》く印象は、きっと何も変わらない。地味。暗い。ネガティブ。根暗《ねくら》。そんなところだ。わかっている。

みんなが手に入れるものを、わたしは手に入れられない。友だちと放課後に寄《よ》り道《みち》したり、学校の行事を満喫《まんきつ》したり、おしゃべりして思いっきり笑《わら》ったり――恋をしたり。

きゃあっと、教室の一角で甲高《かんだか》い声が上がった。見なくてもわかる。クラスのオシャレ女子たちだ。

「よかったね、リナ！　初カレ、おめでとー！」

「ありがとー！」

「ずっと片思いしてたもんねぇ、リナ。告白、うまくいって本当によかったね」

「よし！　それじゃあ今日は帰りに、お祝《いわ》いだね！　カラオケで！」

オシャレ女子たちが周囲の目も気にせずにはしゃいでいる。どうやら、1人の女子生徒が告白に成功して、彼氏ができたということらしい。わたしには、遠い世界の出来事だ。

わたしは読書に戻《もど》ることにした。本を読んでいる間は、自分から目をそらすことができる。

「ずっと、なに読んでるの？」

急に声をかけられて、わたしは「きゃっ！」と声を上げた。物語に集中していたので、近づいてくる足音に気づかなかった。

「まっ、馬淵《まぶち》くん……!?」

顔を上げたところに立っていたのは、クラスメイトの馬淵和人《かずと》だった。

じつは、わたしは彼のことが苦手だ。明るいというよりお調子者で、リアクションが大きくて、クラスのムードメーカー的存在。あまりにもわたしとはタイプが違《ちが》いすぎる。

でも、馬淵くんはそんなタイプの違《ちが》いなんて考えてもいないのだろう。わたしの机《つくえ》に両手をついて身を乗り出してきた。

「橋本《はしもと》さんって、いつも本読んでるよね。そんなにおもしろい？」

「う、うん……」

「そうなんだー。俺はマンガしか読まないからさぁ。文字ばっかりの本を読んでると、眠《ねむ》たくなっちゃうんだよね」

そう言って、あはは、と馬淵くんが頭をかく。わたしは緊張《きんちょう》と動揺《どうよう》で、とてもじゃないけど笑《わら》うことなんてできない。慣《な》れない空気にさらされることは、大きなストレスだ。

早くどこかへ行ってくれないかな……と思いながら、わたしは目をそらすように、ふたたび手元の本に視線を落とした。壊《こわ》れたように脈打《みゃくう》つ心臓《しんぞう》に合わせて、メガネ越《ご》しの視界が揺《ゆ》れているみたいだ、と思ったそのとき。

「ねえ。橋本さんってさ、なんでいつも、うつむいてるの？」

「……！」

「肩《かた》こらない？　猫背《ねこぜ》になっちゃうよ？　手もとが暗いと、視力も落ちそうだしさ」

「いっ、いいの！」

答える声が、不格好《ぶかっこう》に裏返《うらがえ》った。

「わたし、もうとっくに視力悪いし、猫背だし、いろいろ暗いしっ……！」

「『いろいろ』？」

うつむいているせいで馬淵くんの顔は見えない。それでも、きょとんとした表情が見えるようなつぶやきだった。

「橋本さんさ――」

「もう、ほっといて……！」

これ以上は耐《た》えられなくて、わたしは馬淵くんの言葉をさえぎるように声を上げていた。声を上げたといっても、きっと、まわりには聞こえていないだろうくらいの声だ。わたしには、そんな大声を上げられるだけの勇気なんてない。

それでも、馬淵くんは言葉をひっこめた。

気まずい沈黙《ちんもく》。わたしが下唇《したくちびる》を噛《か》んでじっとしていると、やがて、「そっか。ごめんな」とつぶやいた馬淵くんが、すっと離れていった。馬淵くんの気配が完全に消えてから、ほーっ……と、長い長い息を吐《は》く。きっと、寿命《じゅみょう》がいくらか縮《ちぢ》まったに違《ちが》いない。

やっぱり、わたしはかわいくない。今みたいな場面で、読んでいる本のタイトルや内容をさらさらと話して、そこからさらに笑顔で会話をつなげられるような女子が、きっと男子にはモテるんだ。わたしは一生かかっても、そんな女子にはなれそうもない。

「仕方ないよね……。わたし、こんなんだもん……」

うつむいたまま、わたしは両手でメガネを押《お》し上《あ》げた。

仕方ないね、と、メガネが答えたような気がした。

それだけで終われば、すぐに忘《わす》れてしまう出来事だった。なのに、わたしが忘れないようにするかのように、馬淵くんは繰《く》り返《かえ》し、わたしのところにやってきた。

「あ、橋本さん、また本読んでる。本当に好きなんだねー」

「ごめん、橋本さん！　俺、今の数学の最後のほう、ノートに取《と》り損《そこ》ねちゃって……。悪いけど写させてくれない？　お願い！」

「橋本さーん。次、化学の授業、教室移動だよー」

「みんなのノート、職員室に持ってくの？　橋本さんー人じゃ大変でしょ。俺も手伝うよ！」

ことあるごとに、馬渕くんはわたしに声をかけてきた。場合によっては作業を手伝ってくれることもあるので、からかわれている感じはしない。きっと、ムードメーカーだから、クラスで浮《う》いているわたしのことが目につくだけだろう。ある意味、それは同情なのかもしれない。

そんなことを考えていたある日、わたしは馬渕くんの意外な顔を見ることになった。

文化祭の出し物をめぐってクラスで意見がまっぷたつに割《わ》れ、進行役だったクラス委員長も収拾《しゅうしゅう》をつけられなくなったとき、「はいはいはーい！」と手と声を上げたのが馬渕くんだった。

「ちょっと冷静になろうぜー。もっかい、頭から整理しよっか」

そう言って馬渕くんは、委員長に代わって話し合いをまとめ始めた。

お調子者らしく、ただ目立ちたいだけなのかと最初は思った。でも、場が進むにつれて、意外にも馬渕くんは、巧《たく》みな話術《わじゅつ》で意見を聞き出し、まとめる力があることがわかった。

結果、人なつっこい笑顔の進行役に反発を抱《いだ》く人は出ず、最終的に話し合いはきれいにまとまってしまった。それだけでなく、結束力《けっそくりょく》まで高まったような雰囲気《ふんいき》さえあった。

その出来事で、馬渕くんに対する印象は少し変わった。相手のふところにするっと入っていくのに、土足で踏《ふ》みこんでいくような感覚はない。「ただのお調子者」で片《かた》づけるには、馬渕くんの観察力は鋭《するど》すぎる。ムードメーカーとして、みんなにとって居心地《いごこち》のいいムードを作るために、案外、彼はいろいろ考えているのかもしれない。

いつしかわたしは、馬渕くんを目で追いかけるようになっていた。

何もしていないのに周囲に暗い印象を与《あた》えてしまうわたしとは、正反対の人だ。笑顔《えがお》はあたたかい太陽のようで、まわりにはいつも、そのぬくもりを求《もと》めて人が集まっている。わたしも、彼の笑顔を遠くから眺《なが》めているだけで、心が晴れやかになるような気がした。

でも、彼に話しかけられることには、少しも慣《な》れない。そして、馬渕くんから話しかけられるたび、わたしが大変な思いをしていることに、彼は気づいていない。わたしは馬渕くんの顔をまともに見られないし、話もうまくない。馬渕くんといると、自分の暗さをよけいに自覚するだけだ。馬渕くんが近づいてくると、とたんに心臓《しんぞう》がドキドキして、苦しくなる。このままでは、寿命《じゅみょう》が縮《ちぢ》んでしまう。本気でそう思った。

でも、それを馬渕くんに言えるだけの勇気はない。だから、彼の気がすむまで、わたしは必要最低限の返事を織《お》り交《ま》ぜながら、やり過《す》ごすしかないのだ。

ふぅ……と、その日最後の授業が終わって、わたしはため息をついた。今日も、昼休みに馬淵くんが、「橋本さん、夏休みは何するのー？」と、おおざっぱな質問をしてきて、しばらく解放してくれなかった。夏休みはまだ一ヵ月以上も先なので、何をするかなんて決まっていないのに、そんな答えじゃ馬淵くんは納得《なっとく》してくれない。

ようやく、「自習とか、かな……」と答えたら、「マジメだなー、でも橋本さんらしいなー」と、馬淵くんは何が楽しいのか、ニコニコしていた。わたしと話していても楽しくなんてないはずなのに、それでも話しかけてくれるのは、馬淵くんの優しさなのだろう。

……こういうの、「馬淵くんらしい」って、いうのかな。

いつも馬淵くんに言われる言葉を、馬淵くんに向けて心の中でつぶやいてみると、思いのほか、彼の雰囲気《ふんいき》にしっくりとなじんだ。

ふいに、ふっと唇《くちびる》の端《はし》が緩《ゆる》んだことに気づいて、わたしはあわてて口もとを押《お》さえた。そのまま、そそくさと学校を出て、家に帰る道を足早に歩き続ける。帰ったら、まず宿題を片《かた》づけて、そのあと読みかけの本を読もう。あと少しで読み終わる恋愛小説の結末をあれこれ想像しながら、わたしは信号が青になるのを待っていた。

声が聞こえてきたのは、そのときだ。

「橋本さーん！」

「えっ……」

振《ふ》り返《かえ》った瞬間《しゅんかん》、わたしは心臓《しんぞう》が止まるかと思った。手を振《ふ》りながらこちらに走ってきたのは、馬渕くんだった。

こんなときに限って、信号はなかなか青にならない。微動《びどう》だにできずにいたわたしは、馬渕くんに追いつかれてしまった。

「よかった、追いついたー。けっこう歩くの早いね、橋本さん」

「な、なに……」

ふぅ、と肩《かた》で息をついた馬渕くんが、にこっと笑う。

「一緒《いっしょ》に帰ろうよ。方向、一緒でしょ？」

「え……」

突然《とつぜん》のことに、わたしはワケがわからなくなった。ぐるぐると混乱《こんらん》する頭の中、ぱっと青に変わった信号の色だけがやけに鮮明《せんめい》に見えたので、とにかく渡《わた》ってしまおうと歩き出す。すると馬渕くんが「ちょっとちょっとちょっと！」と言いながら、わたしを追いかけてきた。

「なっ、なんで追いかけてくるの……っ！」

「だから、方向が一緒《いっしょ》なんだって。ていうか、一緒に帰っちゃダメなの？」

そう言って、馬淵くんはスタスタとついてくる。わたしより背《せ》が高くて、歩幅《ほはば》の大きい馬淵くんに追いつかれないためには、歩く速度を倍《ばい》にするしかない。けれど、わたしが速度を上げても、馬淵くんは軽々と隣《となり》に並《なら》んでしまう。

なんで、なんでなんでなんで、なんでついてくるの!?　なんで、わたしに構《かま》うの!?

「もうっ、わたしに構わないでっ！」

とうとうパニックが限界に達して立ち止まったわたしは、そのまま、地面に向かって叫《さけ》んでいた。隣《となり》で、馬淵くんの気配が止まる。

「――なんでいつも、うつむいてんの？」

いつか聞いたのと同じ言葉が、静かに、視界の外から落ちてきた。答えたら、離れてくれるだろうか。そんな希望にすがるように、おずおずと口を開く。

「わ、わたし……地味で暗いし、自分の顔、好きじゃないから……。メガネかけてると、顔が変わっちゃって、子どものころは、よく、からかわれたし……。でも、コンタクトは合わなくて、使えなくて……。だからわたし、ダメなの……」

「……そっか。そうだったんだ」

馬淵くんの声が沈《しず》む。それはそうだ。わたしは暗い。長く一緒にいればいるほど、そのことを知られてしまう。だからもう、これくらいで離れて――

そのとき、世界が一変した。比喩《ひゆ》ではなく、本当に、ガラリと変わった。

メガネをとられたのだ。そう気づいたわたしは、ますますパニックになった。極度《きょくど》の近視《きんし》と乱視《らんし》がまざっているわたしには、メガネがないと、数メートル先の景色さえまともに見えない。

「かっ、返して！　わたしのメガネ‼」

ノドが震《ふる》えるくらい声を上げたのは、もしかしたら、生まれて初めてかもしれない。

隣《となり》に向かって、とにかくメチャクチャに手を伸《の》ばす。でも、私の手は空《くう》を切るばかりだ。素《す》早《ばや》く動く気配は、わたしの手を軽々と避《さ》け続《つづ》けた。

「ちょっと、馬淵く――」

「やっと、こっち見た」

わたしの声を封《ふう》じるように馬淵くんが口にした言葉で、わたしは魔術《まじゅつ》にかけられたかのように固まった。

わたしにも見える距離《きょり》で、馬渕くんがにっこりと笑《わら》う。とろけるような笑顔と、目が合う。

「橋本さん、やっと俺のこと見てくれたね。なんで、うつむく必要があるの？　こんなにかわいいのに、もったいないよ」

小さな子どものように飾《かざ》り気《け》のない馬渕くんの笑顔《えがお》。その笑顔に見つめられていると思ったらドキッと心臓《しんぞう》が跳《は》ねて、信じられないくらい、顔がほてった。わたしは、それをごまかすことに必死になった。

「だめっ、かわいくない！　メガネ返して!!　それがないとわたし、何も見えないんだから！うちにだって帰れな――」

「だったら、一緒《いっしょ》に帰ろう」

ぱっと、左手がぬくもりに包《つつ》まれる。何も見えない。それでも、馬渕くんの手がわたしの手をつかんだのだとわかった。

「メガネをかけてなかったら、顔を上げられるってことでしょ？　だったら、そのまま俺のほう見ててよ。道が見えないなら、俺が橋本さんの手を引いてあげる。ちゃんと家まで送るから、その間、俺のことだけまっすぐ見てて」

そう言った馬淵くんが、わたしの手をさらにギュッと強く握《にぎ》る。

あぁ、もう——馬淵くんの体温のせいで、どんどん、何も考えられなくなっていく。

「それじゃ、行こっかー」と、間延《まの》びした声の馬淵くんに手を引かれて、わたしは歩き出した。

メガネのレンズを通さない世界を歩くのは本当に久しぶりで、その世界を、男の子に手を引かれて歩くのは、もちろん初めてで。

歩みに合わせて速さを増してゆく鼓動《こどう》を聞きながら、ただ、ぼやけていただけの世界が少しずつ太陽の輝《かがや》きを帯《お》びてゆくのを、わたしはじっと見つめていた。

恋の期限が終わったら……

ひょいっと隣《となり》のクラスをのぞくと、そこには、まだハルがいた。

「ハルー、一緒に帰ろ！」

「あぁ、アキか」

気の抜《ぬ》けた返事に、あたしのほうが「おいおい」と脱力《だつりょく》しそうになる。カノジョが迎《むか》えに来たっていうのに「あぁ」ってなんだ、「あぁ」って。

オマケに、ハルの口から続いて返ってきた返事は、こうだ。

「あー、今日は寄《よ》るとこがあるから、1人で帰ってて」

「えっ、また？　最近、そんなのばっかじゃん」

「だから、用があるんだってば。じゃあな」

そう言って、ハルはさくさくと廊下《ろうか》を歩いて行った。その背中は、「ついてくるな」と言っているようにも思えた。

「そりゃー、いわゆる倦怠期《けんたいき》でしょ」

親友の椿《つばき》はシェイクをじゅるるっと吸《す》い上《あ》げながら、あっさりとそう返してきた。親友が恋の悩《なや》みを相談しているというのに、まったく容赦《ようしゃ》がない。

「考えないようにしてたのに、そんなにハッキリ言わないでよー」

「だって、アキとハルくん、中学から付き合って、もうすぐ３年でしょ？」

そう。あたしたち、葛西亜希《かさいあき》と栗田晴史《くりたはるふみ》は、中２の秋から付き合い始めて、もうすぐ３年になる。２人で話し合って同じ高校を受験して、たまにケンカはするけど、いつだってすぐ仲直りできるし、高２の秋になった今、あたしはできれば大学もハルと同じところに進みたいと本気で考えている。

「でも、そう思ってるのはあたしだけか？　って不安になるワケですよ……。今日もそうだったけど、ここんとこ、ずっと１人で帰りたがるんだよねぇ、ハル……」

「そりゃあ付き合ってても、１人の時間は必要でしょ。長いこと付き合ってたら、よけいに」

「出た。椿《つばき》の『大人の女』発言」

「アキが子どもなだけでしょ」

余裕のある表情で椿がポテトをつまみ上げる。なんの迷《まよ》いもなくLサイズを頼《たの》める椿が、心《しん》底《そこ》うらやましい。カロリー的にも、お財布的にも。

「とにかく、倦《けん》怠《たい》期《き》なんて、世のカップルがみーんな通過するポイントだよ。学年末試験みたいなモン。大事なのは、そのポイント通過後に、どっちに行くかってことでさ」

「『どっちに行くか』って？」

聞き返すと、とびきり長いポテトをつまみ上げたまま、椿が動きを止めた。そのポテトを、ライブで使うペンライトみたいに左右に振《ふ》って、こんなことを言う。

「聞いたことない？　恋の賞味期限は３年って」

「３年？」

今のあたしには現実味がありすぎる数字に、ドキッとする。そんな「ドキッ」に気づかれたかどうかはわからないけど、椿はライトのように振《ふ》っていたポテトを口に収《おさ》めてから、話を続けた。

「恋愛ホルモンっていうのは、聞いたことある？　アドレナリンとかドーパミンとかも、恋愛ホルモンに含《ふく》まれてるんだけど、このホルモンが出ている間は、相手にドキドキしたり、ときめいたり、幸せな恋愛状態になるワケ。恋をすると周りが見えなくなるのも、このホルモンが分泌《ぶんぴつ》されるからなの。覚えがあるでしょ？」

「そ、それは……」

「でもね、このホルモンがずーっと出続けてると、脳《のう》に負担《ふたん》がかかるのよ。何時間も全力疾走《ぜんりょくしっそう》し続けられないのと一緒。それに、そんな状態が四六時中続くと、危険《きけん》でしょ？

あと、3年も一緒にいるのに結婚に至《いた》らないパートナーは、生物学的に遺伝子《いでんし》の相性が悪い可能性もあるから、3年くらい経《た》ったところで遺伝子レベルで危機を感じるんだって。『あたし、この先もこの人と一緒にいても、遺伝子を残せないかも』って」

「それ、本当に科学的な説？　椿の妄想《もうそう》にしか聞こえないけど……」

「悲しいけど真実だよ。わたしの経験則的にもね」

同い年とは思えない悟《さと》りきった口調で椿が言って、またシェイクをじゅるじゅるっと吸《す》いこむ。シェイクとポテトの甘《あま》しょっぱ無限ループにどっぷりつかった目が、あたしをじっと見つめてきた。

「つまり、倦怠期《けんたいき》っていうのは、自然なメカニズムなの。生存本能なの。自分の中の遺伝子ちゃんが、ちゃーんと生涯《しょうがい》をともにする永遠のパートナーとしてふさわしいかどうか、相手を吟味《ぎんみ》してんのよ」

「それが、今のハルの状態ってこと？」

「そゆこと」

「じゃあ、ハルの遺伝子が、あたしのことを『パートナーにふさわしくない』って判定したら……」

あたしのつぶやきに答えるように、椿がワザとらしく眉《まゆ》をゆがめた。

「ダブルビーフバーガーセットでなぐさめるしかないわ。オプションで、ハニーカスタードパイも許《ゆる》す」

「まだ別れてないからやめて！　てゆーか、別れないからっ！」

思わず叫《さけ》んだものの、それはまさにあたしの心の声であって、ハルも同じ気持ちなのかどうかは、今のあたしにはぜんぜんわからなかった。

付き合って、3年。その間に、ハルの脳だか遺伝子はあたしのことを、「彼女としてふさわしくない」と認定したのだろうか。あたしは、ハルのことを、「彼氏としてふさわしくない」なんて思ったことがない。椿の説が本当なら、ハルもあたしも同じように、お互《たが》いから気持ちが離《はな》れているはずだ。

でも、あたしは今も変わらず、ハルのことが好きだ。賞味期限だか恋愛ホルモンだかなんだか知らないけど、あたしは、ハルと別れない。

「ねぇ、椿！　どうやったら倦怠期《けんたいき》に勝てるの!?」

あたしはガバッと身を乗り出して、椿に顔を寄《よ》せる。それを嫌《いや》がるように、椿が身を引く。

それでも、「そうだなぁ……」と考えようとしてくれるところが、さすが親友だ。

「倦怠期って、マンネリになっちゃってることが多いから、何か刺激《しげき》になるようなイベントを考えるといいっていうよ。ふだんと違《ちが》うデートとか、サプライズとか。それで、付き合いたてのドキドキを思い出せれば、またラブラブになれるんじゃない？」

「付き合いたてのドキドキかぁ……」

頬杖《ほおづえ》をついて、あたしは考えた。どうすれば、ハルの気持ちをつなぎとめることができるのか……。これは、学校の宿題や予習よりもはるかに重大な問題だ。

あたしは丸1週間、考えた。高校生のあたしたちには、あまり、お金をかけたデートができない。お金をかけずに、「ふだんと違《ちが》う刺激的《しげきてき》なイベント」を実現するにはどうすればいいか、考えに考えて思いついたのは、初心に帰るということだった。「付き合いたてのドキドキを思い出せれば」という椿の言葉が、ヒントになった。

そして、付き合って3年目になる今日、あたしは「計画」を実行に移すことに決めた。

「ハル！」

最後の授業が終わるなり教室を飛び出したあたしは、隣《となり》のクラスに乗《の》り込《こ》んだ。まだ帰り支《じ》度《たく》をしている最中だったハルの腕《うで》を、今日だけは逃《に》がすまいとガッシリつかむ。

「ハル。今日は、あたしに付き合って！」

「は？　え、なに、怖《こわ》いんだけど」

そう言って、ハルがじりりと身を引く。でも、今日だけは、絶対にハルを帰さない。

「今日だけは、あたしに付き合って」

「今日？　え、なんで今日なの？」

ハルが顔を引きつらせて口にした一言に、気持ちがくじけそうになった。

付き合って丸3年になる記念日を、ハルは憶《おぼ》えていないんだ……。やっぱり、ハルの気持ちは、あたしから離れようとしているのかもしれない……。このままだと、本当に、別れることになっちゃうかも……。

そう思ったら、鼻の奥《おく》がツンとした。だめだ。ここで立ちすくんじゃいけない。あたしはハルと、離《はな》れたくない！

ハルの腕《うで》をつかんだ手に、力をこめる。「ちょっ、アキ！」という、とまどいの声も無視《むし》して、あたしはハルをぐいぐい引っぱって、学校を出た。

「待てよ、アキ！　どこ行くんだよ」

「いいから、今日だけはついてきて」

「や、でも、今日は早く家に帰らないと……」

うしろでハルが、モゴモゴ何か言っている。あたしは何も聞かなかったフリをして、ハルの腕《うで》を引っぱり続けた。

「な、なぁ……。今日じゃないといけないの？　今日は本当にちょっと、やんなきゃいけないことが――」

「だめ！　今日じゃなきゃだめなのっ！」

そう。これは、今日じゃないと意味がない。あたしたちが付き合うことになった3年前のあの日と同じ、今日じゃないと絶対にだめなんだ。

ハルの腕《うで》をつかんだまま足早に歩き続けること、10分。その場所が見えた瞬間《しゅんかん》、うしろでハルが「あ」と声をこぼした。よかった。ここまで来て気づいてもらえなかったら、そうとうへコむところだ。

「ここって……」

「憶《おぼ》えててくれて、よかった」

応《こた》えながら、あたしはやっと、ハルの腕《うで》を離した。

ここは、町はずれの公園。珍《めずら》しい遊具があるわけでも、とびきり広いわけでもない、ごくごくフツーの公園だ。でも、あたしにとっては――あたしたちにとっては、特別な場所だ。

「ハル、ここで、あたしに告白してくれたよね」

ちょうど、3年前の今日。中学からの帰り道、なぜかハルがこの公園に入っていったから、あたしもなんとなくそのあとを追いかけて、しばらく並《なら》んでブランコをこいだあと、ハルが言ってくれたのだ。

「『俺、アキとは友だちをやめたい。友だちをやめて、彼氏と彼女になりたい』って。まさか、ハルからあんなこと言われるなんて思ってなかったからビックリしたけど、嬉《うれ》しかったなぁ」

「そ、そっか……」

ハルの気配が落ち着かない。少しはドキドキしてくれたかな、あのときの気持ちを思い出してくれたかな、とハルを盗《ぬす》み見《み》ると、どこに視線を向ければいいのか困《こま》っている様子で頭をかいている。

これが、あたしの考えた、「ふだんと違《ちが》う刺《し》激《げき》的《てき》なイベント」。告白の記《き》憶《おく》を改めてハルと共《きょう》有《ゆう》することで、付き合いたてのドキドキを思い出してもらえるんじゃないかと思ったのだ。

そして、思い出してもらう以上に大事なことがある。

「ねぇ、ハル。あたしは今でも、ハルのことが好きだよ」

「え……？」

あたしはギュッと拳《こぶし》を握《にぎ》りしめて、ハルの顔を真正面から見つめた。すぅっと吸《す》いこんだ夕暮れの空気は、3年前のあの日と同じ、甘酸《あまず》っぱい香りがした。

「倦怠期《けんたいき》とか、恋の賞味期限とか、関係ない！　あの日より、今のほうが、ずっとずっとハルのことが好きだよ。これからも、ずっと、彼氏と彼女のままでいたいよ」

目の前で、ハルの顔が、夕陽と同じ色にかあっと染《そ》まる。どこに視線を向ければいいのか困《こま》っている様子で、最後はとうとう片手で目もとをおおってしまった。

「その……。あ、ありがとう……。そんなふうに、思っててくれて……」

ハルがそうつぶやいた直後、あたりに大音量の音楽が流れ始めた。あまりにも突然《とつぜん》の出来事に、2人そろってビクッと肩《かた》を震《ふる》わせる。それは、公園の片隅《かたすみ》に設置されているスピーカーから流れてくる「夕焼け小焼け」だった。

「あ、もう5時か……」

あたしがそうつぶやいたとき、ハルの顔色が変わった。その唇《くちびる》が、小さく「マズい……」と動いたように、あたしには見えた。

「ハル？　大丈夫《だいじょうぶ》？」

「早く帰らないと！」

「えっ？　ちょっ、ハル!?」

グイっと体が前のめりになって、次の瞬間《しゅんかん》には、あたしは駆《か》け出《だ》していた。ハルが、あたしの手をつかんで、急に駆《か》け出《だ》したのだ。

公園を飛び出して、あたしたちの家がある方向へ、ハルはまっすぐ駆《か》けていく。その間、一度もあたしの手を離《はな》そうとしない。

――この先ずっと何年も、離さないでほしい。

しばらく走り続けて、ようやくハルが立ち止まる。そこが、あたしの家の前だったことには、息を整えている途中《とちゅう》で気づいた。

「え……？　なんで、あたしの家？」

「いいから、早く！」

まだ息が整いきっていないあたしの腕《うで》を、ハルがじれったそうに、軽くつかむ。あたしはワケがわからないまま、ハルに腕を引かれて家に入った。

「あ、おかえり、亜希。遅《おそ》かったわね」

「あ、うん……。ただいま」

玄関から入ると、すぐ横のリビングから母さんが出てくるところだった。そんな母さんに向かって、ハルが「お邪魔《じゃま》します」と頭を下げる。

「こんにちはー。そっか、ハルくんも一緒《いっしょ》だったのね。でも、残念。ちょっとだけ、間に合わなかったみたい」

「え？　何が？」

母さんの言葉の意味がわからなくて聞き返したのに、母さんは「うふふ」と笑《わら》ってハルばかり見ている。一方のハルは、ひどくショックを受けたような顔をしていて、そのまま倒《たお》れてしまうんじゃないかと思ったくらいだ。

「ハル？　どうしたの、大丈夫《だいじょうぶ》？」

「うん……。いや、ちょっと……」

それじゃあ、大丈夫なのか大丈夫じゃないのか、わからない。

あたしは、ハルの肩《かた》を揺《ゆ》する。それを見た母さんが、また「うふふ」と意味深《いみしん》に笑《わら》う。

「なんていうか、亜希も間《ま》が悪いわねぇ」

「え、あたし？」

「いいから、とりあえず部屋に入っちゃいなさい。ハルくんも一緒にね。少ししたら、ジュース持ってってあげるから」

母さんはそう言うと、今にもスキップを始めてしまいそうな足取りで、キッチンに向かった。

ぽかんとするあたしの隣《となり》では、ハルが頭を抱《かか》えている。ぜんぜん意味がわからない。

「とりあえず、ジュースもあるみたいだし、上がってく？」

「うん……」

家の奥《おく》を指さしながら尋《たず》ねると、ハルは意気消沈《いきしょうちん》といった具合で、かろうじてうなずいた。

何があったのかわからないけど、少し部屋で休ませてあげたほうがいいかもしれないと、本気で心配になってくる。

あとについてくるハルを振《ふ》り返《かえ》りながら、あたしは2階にある自分の部屋に向かった。階段を上った正面が、あたしの部屋だ。

ドアノブに手をかけ、ドアを開ける。その瞬間《しゅんかん》、あたしの部屋らしくない鮮《あざ》やかな色が目に飛び込んできた。

「――え？　これ……」

部屋の真ん中に置いてある、ローテーブルの上。色とりどりの花が、咲《さ》き乱《みだ》れていた。

「花束……？　なんで？」

まったく覚えのない花に、思わず手を伸《の》ばして抱《だ》き上《あ》げる。ピンクのバラをメインにした花束は、今まで見たことないくらい大きくて、両手で抱《かか》えても腕《うで》からあふれてしまうほどだった。

花束を抱《かか》え直《なお》そうとしたそのとき、花の間に、カードが添《そ》えられていることに気づいた。そこに書かれた文字を目で追って、危《あや》うく、花束を落としそうになる。


――3年記念日、ありがとう。これからも、ずっと一緒にいられますように。　晴史《はるふみ》

「ハル……？」

信じられない気持ちで振《ふ》り返《かえ》ったところには、やっぱり、視線のやり場に困《こま》っている様子のハルが立っていた。

「今日は、俺たちが付き合って、ちょうど3年目の記念日だから……。だからアキに、何か特

別なことをしたいなって、思ってたんだ」

モゴモゴと、ハルが言葉を紡《つむ》ぐ。一言も聞き落とさないように、あたしは全神経をハルの声に集中させた。

「ちょっと前から、放課後にバイトしてて……。それでフラワーショップに、今日の夕方、アキが家に帰るくらいに花束が届《とど》くように、注文しておいたんだ」

「え？　それじゃあ、最近、ハルがずっと一人で帰ってたのは……」

「ごめん……。バイトのためだったんだ。自分で働いたお金で買いたかったから」

そう言って、頭をかきながら、ハルが苦笑《くしょう》する。くしゃっとしたその笑顔《えがお》に、どうしようもなく、胸《むね》がきゅうっとなった。

「ありがとう、ハル……。すごく、すっごく嬉《うれ》しい……！」

腕《うで》のなかに咲いた花たちが、ふいに、じわっとぼやけた。色鮮《いろあざ》やかな花たちは、にじんでもきれいなままだったけど、せっかくだから、もっとちゃんと見ていたい。

ハルが、あたしのことを今でも好きでいてくれたという、大切な大切な証《あかし》だから。

「あたし、不安だったの……。最近、ハルに避《さ》けられてるみたいに感じてたから……。椿《つばき》は、『恋の賞味期限は3年だ』とか言うし……。もう、ハルはあたしのこと、好きじゃないのかなって、不安だったの……」

「ごっ、ごめん！　そんなふうに思わせてたなんて……！　俺、不器用《ぶきよう》だからっ！　俺はただ、アキの喜ぶ顔が見たくて！」

「うん……。ハルのことを疑ったあたしがバカだった」

どうしてあんなに不安だったのか思い出せないくらい、今は、ハルを信じてる。

アキ、と、ハルがあたしの名前を、そっと呼《よ》ぶ。あぁ——この声も、どうしようもなく、あたしは好きだ。

「俺は今でも、ずっとアキのことが好きだ。3年前、あの公園でアキに告白したときから何も変わってない——いや。今のほうが、ずっと好きだ。きっと、これからもっと好きになるよ。だから、大学生になっても、大人になっても、ずっと俺のそばにいて。ずっと、俺だけの彼女でいてよ」

世界を鮮《あざ》やかににじませた涙《なみだ》が、こぼれ落ちる。それを隠《かく》すために、あたしは花束に顔をうずめた。甘《あま》くて優しい、まるでハルに包《つつ》みこまれているような香りがした。

「離《はな》れろって言われても、絶対に離れてあげないから！」

何よりも甘くて優しい、大好きなハルの香りを求めて、あたしは夢中で手を伸《の》ばした。

恋人の味VSおふくろの味

もうすぐ16年になる人生で初めてできた彼氏は、隣《となり》のクラスの男子だった。

花菜《かな》が入学した高校では、入学直後にオリエンテーションがあった。上級生が校内を案内してくれたり、各部活の紹介をしてくれたり、年間行事について説明があったり——花菜が目を引かれたのは、そんなオリエンテーション中にたまたま見かけた男子だった。

後日、その男子のことがどうしても気になって探してみると、彼が隣《となり》のクラスにいたことがわかった。名前は、小久保真也《こくぼしんや》。奥二重《おくぶたえ》で涼《すず》やかな印象の目に、存在を主張しすぎない眉《まゆ》と鼻。ややボサっとした印象の髪形も妙《みょう》に似合《にあ》ってしまう、あっさりとした「塩顔《しおがお》」男子だ。

すぐに行動を起こすタイプの花菜は、小久保真也に告白することを決めた。なかなか告白できないと悩《なや》む友人は中学のころから何人もいたが、花菜に言わせれば、「グズグズしてる間に別の誰かが告白して付き合っちゃったら、どうするの?」だ。

好きな相手が別の誰かの恋人になったあとで、「あのとき自分が告白していたら付き合えただろうか……」なんて後悔《こうかい》するのは、不毛《ふもう》だ。ハッキリ想いを伝えたほうが、後悔はなくてすむ。たとえフラれたとしても、好きな人が誰かに奪《うば》われるのを見てショックを受けるより、ずっといい。

だから花菜は、ある日の登校時間、小久保真也が1人で歩いているのを見かけたとき、チャンスだと思って呼《よ》び止《と》めた。

「わたし、入学式のあとのオリエンテーションで小久保くんを見かけて、一目ボレしちゃったの！　わたし、小久保くんのことをもっと知りたい。よかったら、わたしと付き合ってもらえないかな」

まさか、登校中に告白されるとは思っていなかったのだろう。小久保真也は、それまで眠《ねむ》そうだった目を思いきり見開いて、言葉を探していた。

結果として、そのときの真也の返事は「友だちからなら……」というもので、その返事に、花菜はがぜん、ヤル気を出した。自分のことを知ってもらえるチャンスは与《あた》えられたわけだから、ここから好きになってもらえばいい。

その後、花菜は真也にアピールを続けた。

「わたしは、あなたのことが好きです」という雰囲気《ふんいき》を出せば、相手は少なからず、こちらのことを意識する。そして、「好き」という気持ちを伝えることに、花菜は躊躇《ちゅうちょ》しない性格だった。

それから１ヵ月。花菜の熱烈《ねつれつ》なアピールが実を結び、２人は付き合うこととなった。

「俺も、花菜ちゃんのことが好きになったよ」と、告白をＯＫしてくれた真也は、塩顔をくしゅっとさせて笑った。恋愛において「惚《ほ》れたほうが負け」という言葉はよく聞くが、今回は「惚《ほ》れたほうが勝ち」――真也に好きになってもらうことができた自分の勝ちだと、花菜は思った。

花菜は、真也とデートを重ねた。もちろん、デート中にも花菜は真也に、何度も「好き」の気持ちを伝えた。本当に好きな相手には自然と「好き」を伝えたくなるので、何も難しいことではない。

そうしているうちに、はじめは手探《てさぐ》りするように花菜と付き合っていた真也も、自分の希望や気持ちを伝えてくれるようになった。真也のほうから手をつないでくれたときは、「やっぱり勝ったのは、わたしだ」と確信して、花菜はニヤける口もとを押さえた。

真也が「夢」を口にしたのは、付き合って、さらに１ヵ月が経《た》ったころだった。

「じつは俺、彼女ができたらお弁当を作ってもらうのが夢《ゆめ》だったんだ。花菜ちゃん、作ってくれないかな。それで、今度の休みに公園に行くのはどう?」

大好きな彼氏にそんなことを言われて、「イヤだ」なんて言うわけがない。二つ返事でOKした花菜は、次の日から、お弁当作りの特訓《とっくん》を重ねた。

お弁当にピッタリなおかずのレシピは、インターネットで探せばいくらでも見つかる。多すぎて逆《ぎゃく》に迷《まよ》ったくらいだが、真也の好きなおかずに狙《ねら》いを定めて練習した。父親はソワソワしている様子だったが、母親が楽しそうにアドバイスをくれたおかげで、だし巻《ま》き玉子《たまご》も格段《かくだん》にきれいに巻《ま》けるようになった。

そして、その週末、満《まん》を持《じ》して朝からお弁当を準備した花菜は、真也と待ち合わせしている公園に向かった。

「はい。約束のお弁当、作ってきたよ」

芝生《しばふ》の上に広げたレジャーシートの上に座《すわ》って、花菜はお弁当箱を真也に差し出した。「ありがとう!」と、真也が笑顔でそれを受け取る。

なんだか今、ものすごくカップルっぽい。そんなことを思って、花菜は口もとに力を入れた。

そうしておかないと、ついついニヤけてしまう。「大好きな彼氏にお弁当を作ってあげること」は、じつは花菜の夢でもあったが、それがかなった今、それは「夢」ではなく、「現実」だ。

「開けていい？」

「もちろん。一緒《いっしょ》に食べよう」

花菜の言葉を聞いた真也が、「腹《はら》へったー」と言いながら弁当箱《べんとうばこ》のフタを開ける。すると中から、食欲をそそる色彩《しきさい》があふれ出した。

「えっと、だし巻《ま》き玉子《たまご》と唐揚《からあ》げと、マッシュポテト。あとはブロッコリーと、ミニトマト。おにぎりは、鮭《さけ》とおかかがあるよ」

簡単《かんたん》に中身を説明して、花菜は真也の顔を見た。真也は、ゆっくりとまばたきをしながら、ぼーっとお弁当を見つめている。そんなに感動してくれたのかな？　と、花菜がくすぐったくなったときだった。

「えっ、ぜんぜん違《ちが》うんだけど……」

「え？」

一瞬《いっしゅん》、それが真也の口から出た言葉だと、花菜は信じられなかった。しかし、弁当箱から花菜の顔に視線《しせん》を移《うつ》した真也は、先ほどの笑顔がウソのように、冷たい表情をしていた。

「簡単《かんたん》なおかずばっかりじゃん。ブロッコリーは茹《ゆ》でただけだし、ミニトマトなんてスーパーで買ってきたのを詰《つ》めただけでしょ？」

「そ、そうだけど……。唐揚《からあ》げは、朝から揚《あ》げたよ！　だし巻《ま》き玉子《たまご》も、わたしが焼いたの」

花菜がそう主張すると、真也が、鼻で笑《わら》ったように見えた。

「揚《あ》げ物《もの》って、意外と簡単《かんたん》だよね。肉に味をつけて、油で揚《あ》げるだけなんだから。玉子焼きも、めちゃくちゃシンプルじゃん。それに、マッシュポテトって、要《よう》はじゃがいもを潰《つぶ》して味つけしただけでしょ？」

「それは……」と、何も言えなくなった花菜に、真也は奥二重《おくぶたえ》で涼《すず》やかな目から、いっそ冷たい視線をそそいだ。

「料理にどれだけ手間をかけるかで、愛情の深さが伝わるんじゃない？　俺の母さんは、ハンバーグとか、チーズ入りのオムレツとか作ってくれるよ。潰《つぶ》しただけのじゃがいもじゃなくて、キュウリとかハムの入ったポテサラだったし。母さんは、いつも早起きして、ちゃんと手のこんだお弁当を作ってくれるんだけど……」

「だけど……」に続く言葉を真也は口にはしなかったが、花菜には、こう言われているとしか思えなかった。

——花菜ちゃんの弁当は、母さんの弁当に比《くら》べたら、手抜《てぬ》きだね。

花菜は、ぐっと口もとに力を入れた。そうしておかないと、涙《なみだ》がこぼれそうだった。

「でもまぁ、お腹《なか》すいてるし、ありがたくいただくよ」

言うだけ言って満足したのか、腹《はら》のムシには勝てなかったのか、真也は花菜の作った弁当に箸《はし》を伸《の》ばした。「おいしい！」と言ってもらえることを楽しみにしていたのに、今は、いったい何を言われるか、花菜は不安でたまらない。

「うーん、まぁまぁかな」

結局、真也はそれしか感想を口にしなかった。唐揚《からあ》げも、だし巻《ま》き玉子も、練習よりずっとおいしくできていたのに、花菜にとってはむなしいだけだった。

でも、このまま「負け」で終わるのはイヤだ。「勝ち」にこだわっていた花菜は、カラになった弁当箱《べんとうばこ》をしまいながら、意を決したまなざしを真也に向けた。

「わたし、もっと練習する。真也くんに『おいしい』って言ってもらえるようにがんばって、絶対にリベンジするから！」

そう言うと、「うん、がんばって」と、真也は他人事《ひとごと》のように返してきた。真也との間に今まで感じたことのない距離《きょり》があるのを感じて、少し気持ちがくじけそうになったが、その弱気を、花菜は頭を振《ふ》って追い出した。

――絶対に、真也くんに「おいしい」って言わせるんだから！

ギュッと握《にぎ》りしめた拳《こぶし》に、花菜は強く、勝利を誓《ちか》った。


それからというもの、花菜はますます、お弁当作りの勉強と練習を重ねた。手始めに、真也が話していたとおり、キュウリやハムの入ったポテトサラダを作った。オムレツとハンバーグの作り方も母に習って練習し、多少は不格好《ぶかっこう》ながらも、味はおいしく作れるようになった。

「茹《ゆ》でただけ」と指摘《してき》されたブロッコリーは、ポテトサラダを作った残りのハムと一緒に炒《いた》めて、オイスターソースで味つけしてみた。

しかし、あの手この手でリベンジした花菜に、真也は何度も首をひねって、「やっぱり母さんのとは味がぜんぜん違《ちが》うんだよなぁ」と、にべもない。

「おいしい」と喜んでもらえなかったこともショックだったが、延々《えんえん》と、母親の味と比べられることもショックだった。そんなショックをこらえて「お母さんの味つけはどんな感じなの？」と尋《たず》ねても、「どんなふうに作ってるのかは知らないよ」と、これまた取りつく島もない。

「わたしは真也くんのお母さんじゃないから、わからないよ……」

三度目の正直で作った弁当も、「なんか違《ちが》う」と言われた花菜が、そうつぶやいたときだった。

「じゃあ、ウチの母さんに料理教えてもらったら？　きっと上達するよ」

それは、花菜の予想のなめ上というか、ななめ奥《おく》からの衝撃《しょうげき》の提案《ていあん》だった。しかし、あっけにとられて言葉もない花菜をおいて、「うん、それがいい」と、真也は自分の提案《ていあん》に目を輝《かがや》かせている。悪気はないのだろう。

その目はまっすぐに花菜を見つめている。この目からは逃《に》げられないことを花菜は悟《さと》った。

「花菜ちゃん、いつならウチに来られる？」

翌週《よくしゅう》の土曜日、花菜は初めて真也の家を訪《たず》ねた。彼氏の家に初めて遊びに来るときは、もっと甘酸《あまず》っぱい気持ちでドキドキわくわくするものだと思っていたのに、今は、1本の細い糸がピンと張《は》っているかのような緊張《きんちょう》と不安が、心の中を占拠《せんきょ》している。

真也くんのお母さんって、どんな人だろう。わたしは、真也くんのお母さんから、どう思われるんだろう……。

考えれば考えるほど、心の中の糸がどんどん張りつめてゆく。でも、「不戦敗《ふせんぱい》」になるのだけはイヤだ。一度、大きく深呼吸《しんこきゅう》してから、花菜は小久保家の呼《よ》び鈴《りん》を押した。

ほどなく、出迎《でむか》えに来てくれた真也に続いて、花菜は小久保家に上がった。

「母さんには、事情を話してあるから。きっと、丁寧《ていねい》に教えてくれるよ」

「あ、うん……」

笑顔で花菜を振《ふ》り返《かえ》りつつ、真也はスタスタと家の奥《おく》へ歩いていく。そのあとを、緊張《きんちょう》しながら花菜は追った。初めて彼氏の家に遊びに来ているのに、心が躍《おど》らない。

やがて花菜が通された先は、リビングと一続きになっているキッチンだった。そこに花菜は、1人の女性の姿《すがた》を見つけた。

「あら、いらっしゃーい。はじめまして、真也の母です。どうぞ、ゆっくりしていってね」

真也の母を名乗る女性のやわらかな雰囲気《ふんいき》に、花菜はほっとした。笑《わら》ったときの表情が真也に似《に》ている。

「はじめまして、岸本《きしもと》花菜です。よろしくお願いします」

「まぁ、かわいい！　いつも真也と仲よくしてくれて、ありがとうね。真也が彼女を連れてくるっていうから、私もう、すごく楽しみにしてたの！　私とも仲よくしてね」

そう言った真也の母にギュッと手を握《にぎ》られて、花菜は緊張《きんちょう》がいくらかほどけるのを感じた。こんなお母さんなら、仲よくできそうな気がする。花菜がそんなことを思ってほっこりしていると、「なぁなぁ」と真也が声を上げた。

「母さん、さっそく、料理教えてくれないかな。花菜、弁当を作《つく》り慣《な》れてないみたいだからさ」

「あぁ、そんなこと言ってたわね、真也」

「すみません……。ご迷惑《めいわく》だと思うんですけど……」

花菜が恐縮《きょうしゅく》すると、真也の母は「迷惑《めいわく》だなんて、そんなことないわよー」と朗《ほが》らかに笑《わら》った。

「だけど、教えるのが私で、本当にいいのかしら？」

「それは、もちろんです！　よろしくお願いします」

ペコリと頭を下げた花菜に、真也の母が「それじゃあ……」と首をかたむけた。

「まず、聞かせてもらってもいいかしら。この子に、何を作ってくれたの？」

「あ、えっと……」

花菜は、真也のために作った弁当の献立《こんだて》を、順番に思い出していった。

「最初は、だし巻《ま》き玉子《たまご》と唐揚《からあ》げと、マッシュポテト……。次は、ハンバーグとオムレツを作って、ブロッコリーとハムを炒《いた》めて……。一番最近だと、豚《ぶた》のショウガ焼《や》きを作りました」

「まあ、すっごい豪華《ごうか》じゃない！　朝から作るの、大変だったでしょ？　とくにハンバーグなんて、手順が多くて時間もかかるし、面倒《めんどう》よねぇ。息子のために、ありがとうね。真也、あんた、そこまでしてもらって文句《もんく》言ってるの？」

「だけど、母さんの作ってくれた弁当のほうが手がこんでたし、味も俺の好みだからさ。花菜にも、俺が好きな味を知ってほしいんだよ」

あら、とつぶやいた母親が、目を丸くして真也を見つめた。

一方の花菜は、やっぱり男の子にとっては「おふくろの味」が一番なんだな……と、やや居《い》心地《ごこち》の悪い思いで目を伏《ふ》せた。

「ぷっ」と軽く吹《ふ》き出《だ》すような音が聞こえたのは、そのときだ。そして、花菜が顔を上げた瞬《しゅん》間《かん》、「あははは!」と声に出して、真也の母が大《おお》笑《わら》いし始めた。突《とつ》然《ぜん》のことに、花菜と真也がそろってきょとんと立《た》ち尽《つ》くす。

しばらく声を立てて笑ったあと、真也の母がようやく2人に顔を向けた。

「あぁ、なんだ、そういうこと。我《わ》が息子ながら、単《たん》純《じゅん》ね。それより、ごめんなさいね、花菜ちゃん。息子が失礼なことを言ったみたいで」

「なんだよ。どういう意味だよ」

「単純」という言葉が引っかかったのか、とたんにムスッとした真也が母親にじっとりとした視線を向けた。その視線さえも、「くくく……」とノドの奥《おく》で笑いながら、母親はいなしてしまう。

「だって、おかしくて。真也、あなた、私が作ってたお弁当、ぜんぶ私の手作りだと思ってたんでしょ」

「え!?」、と、真也と花菜のつぶやきが重なった。真也の母が、ちらっと花菜に視線を送る。

まるで、花菜を援護《えんご》するかのような雰囲気《ふんいき》が、その視線からはにじみ出していた。

「あのね。私がよくお弁当に入れてるハンバーグも、チーズ入りのオムレツも、私がパートで勤《つと》めてるスーパーで買ってきたレトルトよ」

「え……？」

「あんたの好きな唐揚《からあ》げも、ポテトサラダも、スーパーのお惣菜《そうざい》。……あ、ブロッコリーは、小分けになって冷凍《れいとう》されてるものを解凍《かいとう》して使ってるの。あれ、けっこう楽ちんなのよ。割安《わりやす》だし」

「レトルト？　つまり、手作りじゃなかったってこと？」

たった今、母親の口から滔々《とうとう》と語られた言葉を信じられないのか、ぽつりぽつりと反芻《はんすう》した真也が、まばたきも忘れて母親を見つめている。そんな息子を見つめ返して、母親はにこりと笑った。

「つまり、花菜ちゃんのほうが私より何十倍も手のこんだお弁当を作ってくれてるってこと。あんた、小さいころから、レトルトの味に慣れてるから、味に関して鈍感《どんかん》になっちゃったのね。スーパーのレトルトやお惣菜《そうざい》と、『おふくろの味』が区別できないような単純な舌《した》でエラそうなこと言って、かわいい彼女を困《こま》らせちゃダメよ。まぁ、共働《ともばたら》きで忙《いそが》しいとはいえ、私の食育がなってなかったってことよね……」

そう言って、真也の母親が複雑《ふくざつ》な笑顔《えがお》になる。ただ、そのあとで「まずは、きちんと彼女に謝《あやま》りなさい」と真也に迫《せま》った母親には有無《うむ》を言わせない迫力《はくりょく》があって、真也はもちろん、とっさに花菜も言葉が出てこなかった。

その沈黙《ちんもく》に終止符《しゅうしふ》を打ったのは、ほかでもない、真也の母親が両手の平を軽く打ち合わせた音だった。

「さっ。それじゃあ、お茶でも淹《い》れましょうね。カモミールティーがあるの。ハチミツを入れると、甘《あま》くておいしいのよー」

うきうきとした声でそう言った母親が、支度《したく》にとりかかる。残された花菜と真也は、そろりそろりと顔を見合わせた。

「えっと、その……。ごめん、花菜ちゃん……」

真也の瞳《ひとみ》が、家をなくした子犬のように、頼りなく揺《ゆ》れた。

「何も知らずに、エラそうなこと言って……。せっかく作ってくれたのに、本当にごめん。俺がバカだった」

「ううん。わかってもらえて、よかった」

今は真也が、自分の家なのに居心地悪《いごこちわる》そうに、視線を右へ左へ動かしている。

その視線が、やがて花菜に定《さだ》まったかと思うと、真也は歯切れの悪い口調で言った。

「また、作ってくれる？　花菜ちゃんの気持ちが、嬉《うれ》しいから……」

「うん。よかったら今度、真也くんも一緒に作ってみない？」

花菜の笑顔を見た真也が、ぎこちない笑顔でうなずく。そこへ、真也の母親が「お茶が入ったわよー」と、朗《ほが》らかな声をかけた。

わだかまりをほどく、やさしいカモミールとハチミツの香りが、恋人たちの間にただよっていた。

帰り道が怖《こわ》くないように

午後から降《ふ》り始《はじ》めた雨は、夕方になってやむどころか、雷《かみなり》まで鳴る嵐《あらし》になった。

「うわっ！　今、あっちで光ったよ。これ、しばらくやまなさそうだねぇ……」

帰《かえ》り支度《じたく》をしながら外をうかがった友人が言う。顔を上げた涼美《すずみ》は、ちょうど、窓《まど》の外でピカッと光った稲妻《いなずま》が空を縦《たて》に割《わ》るのを見た。

「やだ、すごい雷……」

「涼美、雷がニガテだもんねー」

窓から外を見ていた友人が振《ふ》り返《かえ》って苦笑《くしょう》を浮《う》かべる。

「こういう天気のときは、そろそろ……」

友人がぽつりとつぶやいた直後、教室の扉《とびら》がガラリと開く音がした。

「真野《まの》ー、帰るぞー」

涼美の苗字《みょうじ》を呼びながら、一人の男子が入って来た。髪《かみ》を短く刈《か》り上《あ》げた長身の男子だ。鋭《するど》い目つきは、見る人によっては、「怖《こわ》い」「目つきが悪い」と言われるが、彼の性格が目つきとはまったく違《ちが》うものであることを、涼美はよく知っている。

「やっぱり来たね、仲道《なかみち》くん。涼美の王子サマ」

「ちょっと、そんなんじゃないから！　小中が一緒《いっしょ》なだけ！」

涼美のあわてた声は、教室に入って来た仲道圭悟《けいご》には聞こえていなかったらしい。「なんの話だ？」と、がっしりした首をかしげながら近づいてくる。「なんでもない！」と、ますますあわてて返した涼美は、カバンをひっつかんだ。

「ほら、帰ろ！　仲道くん！」

「あ、おう」

圭悟とともに教室を出た涼美は、「明日、マンガ持って来るの忘れないでねー」という友人の声を背中に聞きながら、下駄箱《げたばこ》へと向かった。

靴《くつ》を履《は》き替《か》えて昇降口《しょうこうぐち》から校舎の外に出ると、雨は小降《こぶ》りになったものの、依然《いぜん》として空にはときおり稲光《いなびかり》が見えた。思わず、「すご……」と、涼美の口から声がもれる。

隣《となり》で長傘《ながかさ》をさした圭悟が、先に歩き始めた。その背中に、涼美はあわてて声をかける。

「あ、仲道くん……！」

「ん？」と、首だけで振《ふ》り返《かえ》った圭悟が見たのは、指先を組み合わせてモジモジとする涼美の姿《すがた》だった。その姿《すがた》を見て、圭悟がピンときたらしい顔つきになる。

「なんだ。また傘《かさ》、忘れたのか」

「だ、だって……。朝は、降ってなかったから……」

そそっかしい涼美は、ふだんからしばしば忘れ物をする。午後から雨になるという日に傘《かさ》を忘れるのも、お約束《やくそく》だ。

「ったく、仕方《しかた》ないな……」

ため息まじりに戻《もど》ってきた圭悟が、さしていた傘《かさ》を、「ほら」と涼美のほうに差し出した。

「あ、ありがとう」

差し出された傘の下に入った涼美は、圭悟と並《なら》んで高校を出た。紺色《こんいろ》の傘にさえぎられて空は見えなくなったが、まだビカビカと光っているのがわかる。

「ほら。もっとこっち寄《よ》れって。ぬれるぞ」

「う、うん……」

傘の下、圭悟との距離感《きょりかん》に涼美が迷《まよ》っていたときだった。ガラガラダーンッと、遠くないところに雷《かみなり》が落ちた音がとどろいた。あまりの音量に「きゃっ……！」と悲鳴を上げてしまう。

直後、ぐいっと体を引《ひ》き寄《よ》せられた。圭悟が、涼美の外側の肩《かた》に手を回して、傘の内側に引き寄せたのだ。急に近づいた圭悟の顔に、涼美はひとり、あわてふためく。そうとは知らず、視線を前方に向けたまま、圭悟はため息をつく。

「ほんと、変わんないな。雷《かみなり》が嫌《きら》いなとこ。もう子どもじゃないのに」

「ご、ごめん……」

「いや、迷惑《めいわく》とは思ってないよ。俺がこうやって送ってあげられる日はいいけど、いないときはどうするのかなって、ちょっと心配だけど」

「それは、なんとかするから、大丈夫《だいじょうぶ》……」

モゴモゴとした涼美のつぶやきは、ふたたび空にほとばしった雷の音にかき消された。しかし、隣《となり》を歩く圭悟は気にとめたふうもない。まっすぐ前だけを見て歩いているが、傘《かさ》の位置や歩調は涼美に合わせてくれているのがわかる。

――「雷《かみなり》が鳴る日は、一緒《いっしょ》に帰ろう」

その「習慣」が始まったのは、小学生のときだった。

小学5年生の夏、涼美と圭悟の通う小学校では臨海学校《りんかいがっこう》があった。海の近くにある宿舎《しゅくしゃ》を拠点《きょてん》に、津波が起きたときの避難方法《ひなんほうほう》について学んだり、海で生き物の観察をしたり、飯盒《はんごう》でごはんを炊《た》いて、みんなでカレーを作ったり、2泊3日の臨海学校を、涼美はクラスメイトたちと満喫《まんきつ》していた。

一部の男子たちが「肝試《きもだめ》ししようぜ！」と言い出したのは、2日目の夜の自由時間だった。

「でも、そんなことしたら先生に怒《おこ》られるんじゃない？」

「だから、内緒《ないしょ》でやるんだよ！　夏なんだから、肝試しやらないでどうすんだよ!?」

「昼間、肝試しによさそうなとこ見つけたんだよー。みんな、やるだろ？」

調子のいい男子たちの提案に、「やるやる！」「なんかおもしろそう」と、次々に賛同《さんどう》する声が上がった。

涼美は、参加するつもりはなかった。もともと、遊園地のお化け屋敷《ばやしき》も、ホラー映画もニガテなタイプだ。男子たちの悪だくみを先生に告げ口《つぐち》するつもりもないが、自分は部屋に戻《もど》って休んでいようと思った。それなのに……。

「涼美ちゃんも行こう！」

「えっ？　あ、ちょ……！」

友だちに腕《うで》をつかまれ、そのまま外へ連れて行かれてしまったのだ。

「わたし、こういうのはちょっと……」

「大丈夫《だいじょうぶ》だって、遊びなんだから。せっかくの臨海学校なんだから、思い出を増やさないと！」

テンションの上がった友人は、涼美のやんわりした拒否《きょひ》には聞く耳をもたなかった。もっと強く「イヤだ」と言っていれば、あんなことにはならなかったのだろうと思う。

でも、肝試しに参加していなければ、圭悟との「思い出を増やす」こともできなかったのだと思うと、人生というのはわからないものだ。

結局「イヤだ」と言えないまま、涼美は肝試しに参加することになった。

男子たちが言っていた「肝試《きもだめ》しによさそうなとこ」というのは、宿舎《しゅくしゃ》から海岸へつながる、獣道《けものみち》のように細い道のことだった。昼間、先生に引率《いんそつ》されて宿舎と海岸を往復《おうふく》したのは、車も通れる広い道だったのだが、その道をショートカットして海岸に出ることができる。

「じゃあ、ルール説明な！　この道を進んで、海岸に出たら、砂浜《すなはま》の砂《すな》を袋《ふくろ》に詰《つ》めて戻《もど》ってくる。砂浜の砂は白いから、ズルをしたらすぐにわかる」

「道が細いし、行くのは1人ずつね。そいつが戻《もど》ってきたら、次のヤツがスタートするってことにしよう」

「えっ、1人？」

思わず、涼美は声を上げた。誰かとペアになれるならまだしも、懐中電灯《かいちゅうでんとう》があるとはいえ、こんな暗くて細くて木々の生《お》い茂《しげ》った夜道を1人で往復《おうふく》するなんて、やっぱり怖《こわ》い。

「大丈夫《だいじょうぶ》だって、涼美！　こんなの、明日の朝ごはんのこと考えながら歩いてたら、すぐだよ」

楽観的《らっかんてき》な友人にバシバシと肩《かた》を叩《たた》かれて、涼美は何も言い返せなかった。

ジャンケンで順番を決め、負けた者から1人ずつ、獣道《けものみち》に入ってゆく。懐中電灯《かいちゅうでんとう》の明かりが徐々《じょじょ》に遠のき、完全に消えたのち、5分ほどしてふたたびその明かりが茂《しげ》みの向こうにちらりと揺《ゆ》れた。往復で、10分弱というところだろう。

「簡単《かんたん》、簡単《かんたん》。こんなの、ヨユーだよ」

戻《もど》ってきた1番目の男子は、海岸で詰《つ》めた砂《すな》を袋《ふくろ》から出してニカッと笑った。それで勢いがついて、2番目、3番目と続いてゆく。

そして、6番目の涼美の番がめぐってきた。「ガンバレ、涼美!」という友人に文字どおり手で背中《せなか》を押《お》され、涼美は重たい足を獣道《けものみち》に踏《ふ》み入《い》れた。

足もとに向けた懐中電灯の明かりが、不安定にフラフラと揺《ゆ》れる。不安が手を震《ふる》わせるせいだ。でも、怖《こわ》いと思ったら、ますます怖《こわ》くなる。涼美は懐中電灯が揺《ゆ》れないようにしっかり握《にぎ》り直《なお》すと、小枝や落ち葉の重なった地面に足をとられないよう、ゆっくりと前へ進んだ。

ぽつりと鼻先に雫《しずく》が落ちてきたのは、海岸に出る前だった。立ち止まって顔を上げると、あたりの木々を雨粒《あまつぶ》が叩《たた》く音がする。おそらく、この季節にありがちな通り雨だろう。

どうしよう、戻《もど》ろうかな……。でも、これまでみんな砂を取って戻《もど》ってきたし、わたしだけ手ぶらで戻ったら、何か言われるかも……。海岸まで、きっともうすぐのはずだし、雨もたいしたことないし、少し急げば本降《ほんぶ》りになる前には戻れるはずだ。

「よし……」

ふたたび懐中電灯《かいちゅうでんとう》を握《にぎ》り直《なお》した涼美は、しとってきた足もとに注意を払いながら海岸へ急いだ。草木が奏《かな》でるザワザワとした不穏《ふおん》な音からは、懸命《けんめい》に意識を背《そむ》けていた。

目の前が少し開け、海に出た——と、ほっとした瞬間《しゅんかん》、ビカッと空が光った。数秒遅《おく》れて、落雷《らくらい》の音が夜気をつんざく。

「きゃっ……!」

悲鳴を上げて耳を押《お》さえた涼美は、その場にぺしゃっと座《すわ》り込《こ》んだ。足もとに懐中電灯が転がり、ほうぼうへ明かりを散乱させる。その明かりを蹂躙《じゅうりん》するかのように、激しい雨が叩《たた》きつけた。たいした雨ではない、と涼美が思ったのは、枝葉《えだは》が屋根になった獣道《けものみち》を歩いていたからで、実際には、涼美が思っていた以上の雨量だったのだ。

バリバリッと耳障《みみざわ》りな音を立てて、空が割れる。座《すわ》り込《こ》んだまま声にならない悲鳴を上げて、涼美は頭を抱《かか》えた。怖《こわ》くない、怖《こわ》くない、と、獣道を歩いてくる間ずっと言い聞かせてきた言葉は、もうとっくにどこかへ逃《に》げてしまった。

「怖《こわ》いよぉ……っ!」

雨と涙《なみだ》の境目《さかいめ》もわからなくなった、そのときだった。

「真野っ！」

雷鳴《らいめい》をなぎ払《はら》うような声が降ってきた。顔を上げる間もなく、頭を抱《かか》えていた手をつかまれる。そのままぐいっと引っぱり上げられて、体がいともたやすく持ち上がる。自然と顔が上を向いて、涼美はそこに、ずぶぬれになっている仲道圭悟の鋭《するど》いまなざしを見た。

「な、仲道くん……？」

「歩けるか？」

「え？　あ、う、うん……っ」

そう答えたものの、一歩足を踏《ふ》み出《だ》した瞬間《しゅんかん》、その足がズキリと痛《いた》んだ。

「いっ……！」

「どうした？」

ふたたびうずくまってしまった涼美に、圭悟が持っていた懐中電灯《かいちゅうでんとう》を向ける。

「足が……」

「ケガしたのか」

懐中電灯に照らされただけでは、よくわからない。しかし、思い返せば、最初に雷《かみなり》に驚《おどろ》いてこの場に座《すわ》り込《こ》んだときに、ひねってしまったような気もする。恐《おそ》ろしい雷《かみなり》のせいで、それどころではなかったけれど。

「ちょっと、痛《いた》いかも……」

「歩けないなら、おぶってくしかないいな」

え、と思ったときには、また腕《うで》を引かれていた。その腕を、まるで一本背負《せお》いでもするかのように、圭悟が強引に自分の肩《かた》に回す。そうやって、あっという間に、涼美は圭悟の背中《せなか》におぶさる形になっていた。

「なっ、仲道くん!?　いいよ、一人で歩けるよ!」

「いいから、黙《だま》って乗ってろ。ケガした足で、この獣道を戻《もど》るのは危《あぶ》ないから。かわりに、背中から俺の足もと照《て》らしてくれ」

そう言って、圭悟が懐中電灯を渡《わた》してくる。そう言われては、涼美は従《したが》うしかない。

圭悟におぶられたまま、涼美は足場を照らした。その明かりを頼りに、圭悟が獣道《けものみち》を宿舎《しゅくしゃ》のほうへ戻《もど》り始《はじ》める。やはり、獣道に入ってしまえば、多くの雨粒《あまつぶ》が自然の屋根に阻《はば》まれてしまうらしい。肌《はだ》を叩《たた》く雨は減り、雷《かみなり》の音も、背中のほうに遠のいていった。

雷鳴のかわりに、涼美は、高鳴る自分の鼓動《こどう》を聞いた。

クラスメイトたちの待つ場所に戻《もど》ったあと、さすがにこの天候で肝試《きもだめ》しを続行するのはムリだと判断して、宿舎《しゅくしゃ》に駆《か》け戻《もど》った。運悪くそこを先生に見つかって、ここでも雷を落とされることになったというのは余談《よだん》である。

「ケガ、たいしたことなくて、よかった」

翌日、臨海学校《りんかいがっこう》が終わるころになって、圭悟にそう声をかけられた。涼美は足を少しひねっていたが、手当ては湿布《しっぷ》で十分という程度ですんだ。

「仲道くん、昨夜はありがとうね。その、助けに、来てくれて……」

「あぁ。真野がスタートした直後に雨が降り始めて、戻《もど》って来るかと思ったけど戻ってこないから、気になってさ。迎《むか》えに行って、よかったよ。真野、雷がニガテなんだな」

「ちょ、ちょっとビックリしちゃって！」

圭悟に助けられたことと一緒に、おんぶされたことまで——あのとき、雷に負けないくらい鼓動《こどう》が高鳴ったことまで思い出して、涼美はほてってきた顔を圭悟からそらした。

しかし圭悟は、涼美の焦《あせ》りには気づかなかったらしい。

「そっか。じゃあやっぱり、助けに行ってよかったな。無事《ぶじ》でよかった」

そう言った圭悟が、ふっと笑《わら》ったのが視界の端《はし》に見えて——そのまま、涼美は釘《くぎ》づけになった。圭悟の笑った顔をこんな間近《まぢか》で見たのは、初めてかもしれない。そう思ったら、昨夜より、胸《むね》がドキドキした。

そのとき、担任の声がした。帰りのバスの準備ができたらしい。

「行こう、真野。歩けるか？」

「へっ？　あ、う、うん！」

圭悟が差《さ》し伸《の》べてくれた手を、そのとき、涼美は握《にぎ》らなかった。いや、握れなかったというのが正しい。

圭悟と手をつないだら、いよいよ、心臓が破裂《はれつ》してしまうかもしれなかった。

——「雷が鳴る日は、一緒に帰ろう」

その「習慣」は、あの臨海学校のあとから始まった。

「あのとき真野、めちゃくちゃ雷《かみなり》、怖《こわ》がってたから。怖いなら、俺が家まで送ってやるよ」

そう言って、学校帰りに雷が鳴るような天気のときは、かならず圭悟が涼美を家まで送ってくれた。年に一度あるかないかのことだったが、圭悟が自分から言い出したこの「習慣」を忘れたことはない。学校がない日も、雷が鳴ると、「大丈夫《だいじょうぶ》か？」とスマホにメッセージを送ってくれる。目つきのせいで無愛想《ぶあいそう》に見られがちだが、じつは律儀《りちぎ》で優しいのだ。

2人でひとつの傘《かさ》を、大粒《おおつぶ》の雨が叩《たた》いている。見えないところで空がゴロゴロと機嫌《きげん》の悪そうなうなり声を上げて、今にも、また雷を落としそうだ。

涼美が傘《かさ》の中からうかがうように雨空を見ていると、隣《となり》で気配が震《ふる》えた。圭悟が小さく笑《わら》ったのだと、今となっては見なくてもわかる。

「ほんとに雷、ニガテだな。あれから何年も経《た》ってるのに、変わんないっていうか」

「好《す》き嫌《きら》いに年齢《ねんれい》は関係ないよ……」

仲道くんだって、ずっとセロリがニガテなクセに、とは大人気《おとなげ》ないので言わない。

すると、まだ笑顔の気配を残した圭悟が、続けてこんなことを口にした。

「ほんと、変わんないよ。雷《かみなり》が嫌《きら》いなのに傘《かさ》を忘れる、そそっかしいところも。あとで怖《こわ》い思いをするのは自分なのにさ」

「だから、それは……」

「まぁ、いいけどね。俺がいるかぎりは、こうやって一緒に帰れるから。でもそのうち、克服《こくふく》できたらいいな、雷恐怖症《かみなりきょうふしょう》」

「仲道くん……」

――仲道くんは、わたしが雷嫌いを克服して、仲道くんがいなくても平気になったほうが、嬉《うれ》しい？

そんな言葉がノドまで出かかったが、答えを聞くにはまだ少し勇気が足りない。

「ほら。だから、あんまりそっちに行くとぬれるから」

声に笑みを含《ふく》ませてそう言った圭悟が、また軽く、傘からはみ出さないように涼美の体を引《ひ》き寄《よ》せた。涼美がすっぽりと傘の下に入っているぶん、圭悟の反対側の肩《かた》は、いくらか雨にさらされている。

「でも、仲道くんがぬれちゃう」

「俺はいいんだよ、風邪《かぜ》なんかひかないから」

さらっとそんなふうに言うところも涼美をドキドキさせるということに、きっと圭悟は気づいていない。

圭悟のことを、大きな体つきと鋭《するど》い目つきで判断して「怖《こわ》い」と言う人がいるが、そういう人たちこそ何も見てはいないと涼美は思う。だって圭悟はこんなに優しくて、頼りになって、たとえ触《ふ》れていなくても涼美に熱を感じさせてしまうくらいに、あたたかいのだから。

「んー。もうしばらく、やまなさそうだな」

雨と雷で慌《あわ》ただしい空を見上げて、圭悟がつぶやく。

やまなくていい、と涼美は思う。やまなければ、こうやって圭悟とひとつの傘に入っていられる。涼美が傘を持ってこなかったのは、圭悟とこうやって一緒に帰るためだ。そのことは、もうしばらく、圭悟に秘密にしていようと思う。

本当は、あのころほど雷が怖《こわ》くはないことも、まだしばらく——自分の気持ちと一緒に、胸《むね》にしまっておこうと思っている。

わたしが好きな人

「椎野《しいの》のことが、好きなんだ」

大輝《だいき》の言葉を聞いた瞬間《しゅんかん》、胸《むね》の奥《おく》が静かに震《ふる》えた。「好きなんだよ……」と、もう一度、大輝が、どこかとまどったように、どうしようもなさそうにつぶやく。好きという気持ちが心から流れ出して、自分では止めようもないんだと、そう言っているみたいだった。

「そっか。そうだったんだ」

だからわたしは、そう答えるしかない。大輝の「好き」が、ウソや勘違《かんちが》いではないことは、疑《うたが》いようがないから。

椎野芽衣《しいのめい》は、世界で一番大好きな、わたしの親友だ。中学で出会ってから、もう4年くらい、ずっと一緒にいる。同年代の女子のなかでは少し背《せ》が低いほうで、高校生になった今でも中学生に間違《まちが》われることを、本人はコンプレックスに感じているようだけど、そんなところもかわいいと、わたしは思う。

細くてふわふわの髪《かみ》も、ふっくらとした白い頬《ほお》も、二重《ふたえ》まぶたのくりっとした目も、女の子らしくてすごくかわいい。「香澄《かすみ》ちゃん、香澄ちゃん」と、いつもわたしにくっついてくるのも、ふざけて腕《うで》を絡《から》めてくるのだって、同い年なのに妹みたいなところがあって、本当にかわいくて、わたしがこの子を守ってあげなきゃって思ってしまう。

だから、そんなかわいらしい芽衣を大輝が好きになるのも、当然なのかもしれなかった。

「俺ら、中学で椎野と出会ったじゃん？　じつは、そのときから、ずっと気になってて……」

「うん」

「中学で、椎野が野球部の男子に告白されたって聞いたとき、すごい焦《あせ》ってさ。それで、あぁ、俺、椎野のこと好きなんだって、気づいた……」

「うん」

「でも、なかなか椎野には、言えなくて……」

「うん」

ただただ、わたしは、うなずくことしかできない。何か言えば、ボロが出てしまいそうだ。

「でも、ちゃんと椎野に伝えたいんだ。こないだも、椎野、吹奏楽部《すいそうがくぶ》の先輩に告白されたって聞いて……。断ったみたいだからよかったけど、いつか誰かの告白に椎野がOKしたら、って考えたらさ……」

「うん。わかる」

好きな人に告白できないでいるうちに、その人が、別の人から告白されて、付き合うことになったら。きっと、いくら後悔《こうかい》したって足りないし、告白できなかった自分が情けなくなる。

——きっと、自分の好きな人が、自分ではない誰かに告白するのと同じくらい、つらい。

「わかるよ。大輝の気持ち」

わたしのつぶやきに、大輝が赤らんだ顔のまま、ほっと息をついた。本当に芽衣のことが好きなんだなと思ったとたん、胸《むね》が苦しくなった。

「相談したいことがある」と言って、芽衣への想いを語り出した大輝は、わたしにとって大切な幼《おさな》なじみだ。出会ったのは幼稚園《ようちえん》なので、付き合いでいえば芽衣よりも長い。そんな大切な幼なじみと、大好きな親友が、もしもカップルになるのなら、それはとても素敵《すてき》なことなのかもしれない。

２人が、幸せになれるなら。最初から叶《かな》うはずのないわたしの願いなんて、ずっと閉《と》じこめておけばいい。

「わかった。大輝のこと、応援《おうえん》する。芽衣とうまくいくように、わたしにできることはするよ」

そう答えると、大輝の顔が輝《かがや》いた。カッコつけたがりな大輝が、こんなに露骨《ろこつ》に喜ぶ顔は、初めて見た気がする。大輝のことを、それだけ変えてしまう力が、芽衣にはあるということなんだろう。

「香澄が力を貸《か》してくれたら、心強いよ。ありがとう！」

うん、と、わたしはやっぱり、うなずくことしかできない。それ以上、口を開けると、取り返しのつかない言葉が飛び出してきそうだった。

こうしてわたしは、自分の恋と引《ひ》き換《か》えに、幼なじみと親友の恋を応援《おうえん》しようと決めた。

「芽衣のことなら、わたし、なんでも知ってるからね。アドバイスは、できると思うよ」

好きなお菓子《かし》や、お気に入りの紅茶の銘柄《めいがら》。子どものころから何度も読み返して、そのたびに泣いてしまう恋愛マンガがあることや、洋服はつい、レースがついたデザインのものばかり買ってしまうことも。

ほかにも、芽衣をデートに誘《さそ》うなら、こういうところが喜ぶとか。派手《はで》なサプライズは苦手だけど、ちょっとしたお菓子のプレゼントなんかは、されたら嬉《うれ》しいはずだとか。わたしの話を、大輝は、ふんふんと何度もうなずきながら聞いていた。そのうち、メモをとり始めるんじゃないかと思うくらい、真剣《しんけん》な表情だった。

「告白、がんばってね。あ、でも、2人が付き合うことになっても、たまにはわたしも芽衣と遊びたいから、ひとりじめしないでよ？」

わたしがおどけて言いながらひじで小突《こづ》くと、大輝は顔を赤くして、「あ、う、うん……」と、もごもごつぶやいていた。芽衣と付き合うことを想像しただけで赤くなってしまうらしい。

そんなにまで自分の恋に素直《すなお》になれる大輝のことが、わたしはうらやましくて、同時に少しだけ、ねたましい。

「わたし、イヤな女だな……」

口では「がんばって」なんて言いながら、わたしは大輝の恋を本気では応援《おうえん》なんてしていないのだから。

大輝が芽衣に告白して、どうなるのか——どうなってほしいのか、わたしは想像することをやめた。

大輝から恋愛相談を受けて、一週間が過ぎた。今のところ、大輝からも芽衣からも、何も報告は受けていない。「どうなったの？」と尋《たず》ねるのもデリカシーがないので、ここ数日は何も知らないフリをして様子を見守っている。

今朝もわたしは、下駄箱《げたばこ》の前に芽衣の背中を見つけて駆《か》け寄《よ》った。

「芽衣！　おはよ！」

駆け寄ったままの勢いで、芽衣の背中をポンと叩《たた》く。すると、小さな肩《かた》が大きく跳《は》ねた。予想外の反応を受けてわたしが言葉を続けられずにいると、芽衣が振《ふ》り返《かえ》って、口をぱくぱくさせた。「おはよう」と言っているつもりなんだろうけど、声が出ていない。

「芽衣？　どうしたの？」

「う、ううん……。なんでもない……」

絶対に何かあったに違《ちが》いない反応を見て、もしやという予感がした。その予感は、芽衣と一緒に教室へ向かううちに強くなっていく。いつもの芽衣なら、昨夜見たドラマの話をしたり、腕《うで》を絡《から》めてきたりするのに、今日は、わたしと不自然な距離《きょり》をとっているし、一言も話さない。わたしのほうから声をかけると、そのたびに芽衣はビクッと肩《かた》を震《ふる》わせて、答える間も視線をおどおどさまよわせている。たぶん、笑《わら》おうとしているんだろうけど、ギシギシときしむ音が聞こえてきそうなほどぎこちない笑顔《えがお》になっていた。これで「なんでもない」という言葉を信じろというほうがムリだ。

そして、教室に着いてから、わたしの「予感」は「確信」に変わった。

「あ、大輝。おはよー」

「おう。おは――」

すでに教室に着いていた大輝に声をかけると、こちらを見た瞬間《しゅんかん》に大輝が息をのんで固まった。その視線はわたしではなく、わたしのうしろに立っていた芽衣に向けられている。

「おっ、おはよっ」

やっとのことでそれだけ言って、大輝はそそくさと立ち去ってしまった。

……2人とも、わかりやすすぎる。

大好きな親友と、大切な幼なじみ。2人が幸せになってくれるならと思っていたのに、こんな空気になるなんて。これまで2人と過ごした時間がわたしにとって宝物になっているからこそ、これからの時間がぎこちなくなるのは悲しい。

その日の放課後、わたしは芽衣に切り出した。

「ねぇ、芽衣。もしかして……大輝に、告白されたんじゃない？」

くりっとした瞳《ひとみ》を、芽衣が限界まで見開いた。宝石のようにきれいな瞳が、ぽとりと顔から落ちてしまうんじゃないかと、ついあり得ない心配をしてしまう。

やがて、見開いていた目を少し細めて、芽衣がささやくように言った。

「うん……。3日くらい前、大輝くんから『付き合ってほしい』って、言われたの……。黙《だま》ってて、ごめんね。でも、わたし、香澄ちゃんには言い出せなくって……」

——あぁ、なんだ。やっぱり、そういうことか。

わたしと大輝が幼《おさな》なじみであることを知っている友人やクラスメイトは多い。「おまえら、ほんと仲いいよな」とか「付き合っちゃえば？」と、笑いながら言われたことだってある。そのたびに大輝は「そんなんじゃねぇよ！」とムキになっていたけれど、あれも、芽衣のことが好きだったからだと、今ならわかる。

だから芽衣にも、自信をもって言える。ちゃんと笑《わら》って、わたしは言わなければならない。

「なんだ、やっぱりわたしに遠慮《えんりょ》してたんだね。でも、ぜんぜん気にしなくていいよ！　わたしと大輝は幼《おさな》なじみっていうか、もはや腐《くさ》れ縁《えん》だし！　ちょっとカッコつけたがりなところもあるけど、いいヤツだよ。大輝になら、芽衣のこと、任せられるし……。むしろ、２人が付き合うことになったら、わたしは嬉《うれ》しいよ。心から祝福《しゅくふく》する」

ズキ……ズキッ……と、万力で心臓を絞《し》めつけられているかのように、どんどん痛《いた》みが増《ま》してゆく。それでもわたしは、そしらぬフリを続ける。

「だからさ！　もし、芽衣が大輝のことをいいなって思うなら、わたしに遠慮《えんりょ》なんかしないで付き合えば？　……あ、でも、たまにはわたしとも遊んでくれないと、いじけちゃうけど！」

少しでも明るい空気にしようと思って最後につけ足した言葉に、芽衣がなぜか泣きそうな顔をする。そんな顔をさせたいわけじゃないのに、と、わたしがとまどっていたときだった。

「わたし、大輝くんの告白は、断ったから……」

「え？」

「『わたし、ずっと好きな人がいるから、大輝くんとは付き合えない』って、返事したの」

予想もしていなかった言葉に、わたしの脳《のう》がパニックを起こしかける。

「えっ、なんで……。好きな人って、え？　だって今まで、芽衣からそんな話、聞いたことないよ？」

「……香澄ちゃんに話してなかっただけ……」

うつむいた芽衣が、ぽつりぽつりと唇《くちびる》から言葉をこぼす。わたしはその言葉を懸命《けんめい》に一粒《ひとつぶ》一粒《ひと》拾《つぶひろ》って、もう一度、組み立てようとする。

芽衣に、ずっと好きな人がいた？　恋バナをしたこともあるけど、そのたびに芽衣は「誰もいないよ。香澄ちゃんがいれば、それでいいの！」と言ってくれていた。その言葉は純粋《じゅんすい》に嬉《うれ》しかったけど、本当に好きな人がいたのなら、なんで芽衣は話してくれなかったのだろう。芽衣とわたしは無二の親友なのに。

もしかして……と、そこで思《おも》い至《いた》る。「好きな人がいる」という言葉こそが、芽衣のウソなんじゃないだろうか。わたしに遠慮《えんりょ》して、大輝の告白を断《ことわ》るために、思わずそんなウソをついてしまったんじゃないだろうか。今だって、きっとわたしに納得させるために言ってるんだ。

「ねぇ、芽衣。ウソまでついて、わたしに気をつかわなくていいんだよ？　芽衣は、芽衣の好きな人と恋をすればいいんだから。だから、芽衣は大輝と——」

「違《ちが》うの!!」

初めて聞く芽衣の大きな声に、わたしは立ちすくんだ。涙《なみだ》のまじった、叫《さけ》ぶような声だった。

やがて顔を上げた芽衣が、潤《うる》んで震《ふる》える瞳《ひとみ》で、じっとわたしを見つめ返してくる。

「ウソじゃ、ない……。わたし、本当に好きな人がいて……ずっと、大好きな人がいて……だから、大輝くんと付き合うつもりはないの」

「芽衣……?」

震《ふる》える瞳《ひとみ》を前に、反射的な罪悪感《ざいあくかん》をわたしが覚えた直後だった。

「わたしが、ずっとずっと大好きな人は……香澄ちゃんだよ」

今度は、わたしが両目を見開く番だった。

芽衣の頬《ほお》が、りんごのように赤く染《そ》まっている。閉ざされた唇《くちびる》はずっと小刻《こきざ》みに震《ふる》えているのに、視線は、わたしから1ミリもはずれなかった。

「わたし、香澄ちゃんのこと、友だちとしての『好き』より、もっと『好き』。でも、告白したら香澄ちゃんに嫌《きら》われちゃうかもって思って……。香澄ちゃんとの今の関係が壊《こわ》れるくらいなら、ずっと言わないでおこうって決めてたの。でも、だからこそ、このまま大輝くんと、恋人どうしになるなんてできない。遠慮《えんりょ》なんかじゃなくて、わたしは、香澄ちゃんのことが好きだから。好きな人と恋をしていいなら、わたしは、香澄ちゃんと恋をしたいから‼」

それは、あまりにも「衝撃《しょうげき》の告白」だった。突然《とつぜん》のことに、思考が置いてけぼりになる。

そんなわたしを見て、芽衣が、ふっと笑《わら》う。どこかつらそうで寂《さび》しそうな微笑《ほほえ》みに、胸《むね》がえぐられるような心地がした。

「びっくりしたでしょ。でも、それがわたしの本心なんだ。もし香澄ちゃんが、もうわたしと一緒にはいられないって思うなら――」

芽衣の言葉を最後まで聞かずに、わたしは芽衣の手をつかんだ。そのまま芽衣の体を引《ひ》き寄《よ》せ、芽衣の瞳《ひとみ》に自分の顔が映る距離《きょり》で見つめ合いながら言う。わたしの本当の気持ちを伝える。

「うん。びっくりした。でも嬉《うれ》しい。すっごく嬉しい」

「え……？」

「信じられない。まさか芽衣も、わたしと同じ気持ちでいてくれたなんて」

芽衣の瞳《ひとみ》が、大きく打《う》ち震《ふる》えた。

くりっとした、女の子らしくてかわいい瞳《ひとみ》。それに、細くてふわふわの髪《かみ》も、ふっくらとした頬《ほお》も、出会ったときからずっとずっと大好きだった。「香澄ちゃん、香澄ちゃん」と、いつもわたしにくっついてきてくれるのも、腕《うで》を絡《から》めてくれるのだって、すごくすごく嬉《うれ》しくて、わたしがこの子を守りたいと思った。ずっとそばにいてほしい、と思っていた。

「わたしたち、同じだったんだね」

言葉にすると、胸《むね》の中にたまっていた4年分の不安やおびえやうしろめたさが、すうっと、溶《と》けて消えてゆくのがわかった。

「わたしも、芽衣のことが好きだよ。親友の『好き』より、もっともっと『大好き』」

音もなく、芽衣の瞳《ひとみ》から透明の雫《しずく》が頬《ほお》へと滑《すべ》り落《お》ちた。その雫《しずく》の輝《かがや》きさえも、愛《いと》おしくてたまらない。雫《しずく》がつたった跡《あと》を指先でなぞると、芽衣のぬくもりが指先にあふれた。

──ああ、きっと、これを幸せというんだ。

「やっと、本当の気持ち、伝えられた」

わたしたちは手を取り合って、しばらく見つめ合っていた。

わたしたちを取《と》り巻《ま》く世界こそが、きっと、この瞬間《しゅんかん》の地球上で一番美しいと思った。

いつの間にか……

「話したいことがあるから、お茶して帰らない？」と親友の郁枝《いくえ》に誘《さそ》われて、放課後、あたしたちはカフェを訪《おとず》れた。ここは、おいしいケーキセットがリーズナブルに食べられるので、小腹《こばら》がすいたときや、ゆっくり話したいことがあるときなんかによく来る、お気に入りの場所だ。

ブルーベリーソースのかかったチーズケーキを食べながら、あたしが甘《あま》くて幸せな時間にひたっていると、紅茶のカップを持ち上げた郁枝が、唐突《とうとつ》にこんなことを言った。

「紗帆《さほ》ってさー、一ノ瀬《いちのせ》くんのこと、好きでしょ？」

口に含《ふく》んだチーズケーキを、危《あや》うくブホッと吹き出すところだった。

「なっ……。えっ、なに言ってんの急に!?」

「うわー、わっかりやすー」

ティーカップを持ったまま、反対の手で頬杖《ほおづえ》をついた郁枝が、まぶたを半分下ろして生《なま》ぬるい笑《え》みを浮《う》かべる。反対に、あたしは顔面が猛烈《もうれつ》に熱くなるのを感じていた。

「えぇ、えぇ。わかってましたとも。やっぱりねー。一ノ瀬くんを見つめる目が違《ちが》うモンねー」

「べ、べつに見つめてなんか！」

「なんだ、自覚ナシ？　だったら、そうとう重症《じゅうしょう》だよ？　恋の病としては」

かかかかかっと、いよいよ顔から炎《ほのお》が噴《ふ》き出《だ》しそうになって、あたしは黙《だま》ってうつむいた。

一ノ瀬暁《あき》くんは、あたしと郁枝と同じ中学のブラスバンド部に所属している同級生だ。あたしはクラリネットで、郁枝はフルート。一ノ瀬くんは、ドラムを中心としたパーカッションの担当だ。

パーカッションはドラムだけでなく、多種多様なリズム楽器を操《あやつ》らなければならない。一ノ瀬くんはとても器用に、数々の楽器を操《あやつ》った。なかでも、やっぱりドラムセットを叩《たた》いているときの華《はな》やかさは特別だ。長身と釣《つ》り合《あ》いの取れた長い手足を巧《たく》みに使って、自由自在にリズムを奏《かな》でる姿《すがた》は、まさにパフォーマーと呼ぶにふさわしい。

――何より、とにかく楽しそうなんだよなぁ……。

そう思ったのが、キッカケだったかもしれない。ドラムを叩《たた》いているときの一ノ瀬くんはとびきり楽しそうで、いつも、抑《おさ》えきれない喜びを顔に浮《う》かべている。その笑顔《えがお》を、いつの間にか、あたしは探すようになっていた。

そして、その笑顔《えがお》を見つけたときには、あたしの胸《むね》の中にあるドラムが打ち鳴らされたような心地《ここち》になる。あの笑顔《えがお》で、全身を使ってリズムをとりながらドラムを叩《たた》く一ノ瀬くんの首筋《くびすじ》にキラリと汗《あせ》が光っているときなんか、もう胸《むね》の苦しさが尋常《じんじょう》じゃなくなって、クラリネットの音がひどく上ずってしまうこともあった。

「なるほどねー。気づいたら目で追いかけるようになってて、『あれ？　これってあたし、恋してるってこと？』って、ハッとしたってやつか。ベタだねー」

「うるさいな、もう！」

ほてったままの顔をなんとか冷まさなければと、あたしは冷たいレモンティーをゴクゴクと体に流しこんだ。「話したいことがある」だなんて郁枝が改まって言うから、何か相談があるのかと思ったのに、どうやら、あたしをからかうことが目的だったらしい。悩《なや》み事《ごと》だろうかと心配したあたしがバカみたいだ。

「それで、どうするの？」

「どうするって？」

「告白のことに決まってんでしょ」

ニヤニヤとした郁枝の直球すぎる言葉のせいで、今度はレモンティーにむせかける。

「好きって、一ノ瀬くんに伝えないの？　わたしからしてみたら、ドラマーなんてチャラくて、どこがいいのかよくわかんないけど」

「だったら、ほっといてよ！」

「でも、親友の恋となれば、ほっとけないじゃない？」

頬杖《ほおづえ》をついたまま、とたんに郁枝が大人びた笑顔《えがお》になる。郁枝のこういう顔を見たとき、ズルい女だなぁと思う。郁枝なら、恋愛も、うまく式を立てて計算して、思いどおりの解《かい》を導《みちび》き出すんだろう。あたしには、とうていマネできない。

「告白は、まだ、ちょっと……。たぶん、一ノ瀬くんにとってあたしは、同じブラバンのメンバーっていうだけだから、いま告白しても、びっくりさせるだけだと思うから……」

「ふぅん。そっか」

あっさりした郁枝の返事が、少し意外だった。てっきり、「早く告白しちゃいなよ」と言われると思っていたから。

「でも、いつか『好き』って言えたらいいね。２人がうまくいくように、祈《いの》ってるよ」

そう言った郁枝の顔に、また大人びた微笑《ほほえ》みが戻《もど》る。顔を燃え上がらせていた熱が、今は、胸《むね》をじんわり温める、穏《おだ》やかなぬくもりに変わっていた。

「うん。ありがと」

いい親友をもったな、と思った。

「そうだ。紗帆、このあと時間ある？　買い物に付き合ってほしいんだけど」

「いいね、行こ行こ！　あたしもちょうど、新しい服が欲しかったんだー」

ティータイムを終えたあたしたちは、最寄《もよ》りの駅に併設《へいせつ》されているファッションビルへと向かった。郁枝とは、これまでにも何度か一緒にショッピングをしたことがある。郁枝は服も雑貨も、あまり迷《まよ》うことなく、ぱぱっと決めて買ってしまう。反対に、あたしはあれこれ迷ってしまって、なかなか決められないタイプだ。

「うーん、どうしよう……」

今日もいつもどおり、あたしは白いニットを買うか、ピンクパープルのニットを買うか、はたまたモスグリーンのワンピースにするかを決められずにいた。そこへ、さくっとストライプ柄《がら》のスカートを購入した郁枝が、レジから戻《もど》ってくる。

「まだ迷《まよ》ってるの？」

「だって、どれもいいなって思っちゃうんだもん……。ぜんぶ買えるだけのおこづかいはないし……」

中学生の「予算」なんて、たかが知れている。大人になったら「迷ったときはぜんぶ買う」なんて夢みたいな買い物ができるのかもしれないけれど、今日は1着を買うのがやっとだ。

「うーん、悩《なや》む！」

「とりあえず、３つとも試《し》着《ちゃく》してみれば？　なんなら、着た状態でわたしが写真撮《と》ってあげるよ。あとでそれ見て決めればいいんじゃない？」

そう言って、郁枝がスマホを取り出す。なるほど、それはいいアイデアかもしれない。

あたしは、店員の女性に断って、迷っていた3着を持って試着室に入った。順番に着て、そのたびに郁枝にいろんな角度で写真を撮ってもらう。スマホを構えた郁枝は、「はーい、笑って！」「ちょっと手を腰《こし》にあててみよっか」「うしろを向いて、顔だけ振り返って！」などなど、プロのカメラマンのように指示を出してきた。

最初は気恥《きは》ずかしかったけど、撮《と》られているうちにあたしも楽しくなってきて、服を選ぶのが目的なのか、撮影《さつえい》が目的なのか、途中《とちゅう》からよくわからなくなった。

試着を終えたあとは、郁枝の撮《と》ってくれた写真を見比《みくら》べながら、また迷《まよ》う。

「わたしは、こっちのピンクのニットが紗帆に似合《にあ》ってたと思うけどなー」

「そう？　たしかに、きれいな色だよね。ワンピースを探すつもりだったけど……。でも、着《き》心地《ごこち》もよかったし、こっちにしようかな」

結局、買うことに決めたのは、ピンクパープルのニットだ。郁枝に撮ってもらった写真が、かなり決め手になった。

「付き合ってくれて、ありがとね、郁枝」

「ぜーんぜん。もともとわたしが誘《さそ》ったんだし、こっちこそ、ありがとう」

今日買った服を着て、今度、どこかへ遊びに行こう。そう約束をして、郁枝と別れた。

「わたしなんかじゃなくて、一ノ瀬くんを誘《さそ》いなよ」

別《わか》れ際《ぎわ》、サクッと核心《かくしん》をついてニヤリと笑うところが、郁枝らしかった。

それから3日が経った放課後、あたしはブラスバンド部の練習のため、音楽室に向かった。

今日も、ドラムを叩《たた》く一ノ瀬くんが見られるんだと思うと、勝手に足が速まってしまう。

すでに部員が集まり始めているのだろう、にぎやかな声が聞こえてくる音楽室に、あたしは足を踏《ふ》み入《い》れた。

「なぁなぁ、どういうことなんだよ！」

「まさか、おまえら付き合ってたのか？　おいおい、いつからだよー」

「部内恋愛じゃん！　ヒューヒュー！」

なにやら、男子たちが騒いでいる。ブラスバンド部には圧倒的に女子が多いため、ふだんは女子のおしゃべりが目立つのだけど、今日は男子たちがやたらとにぎやかだ。

そんな騒《さわ》ぎの中心に、あたしの目は釘付《くぎづ》けになった。

「だーから、違《ちが》うって言ってるだろ！　聞けっての!!」

男子部員に囲《かこ》まれているのは、一ノ瀬くんだった。ふだん見かけない、どこか焦《あせ》ったような、あきれたような表情を浮《う》かべて、男子たちに応戦《おうせん》している。その顔は、かすかに紅潮《こうちょう》しているようにも見えた。

「ねぇねぇ、どうしたの？」

あたしは、近くにいた女子部員に声をかけた。するとその子は、困《こま》り果《は》てたような表情を浮《う》かべて、小さく首を横に振《ふ》った。

「なんかね、一ノ瀬くんが女の子に送ったメッセージをほかの男子が見つけちゃって、大騒《おおさわ》ぎしてるの。もう、男子ってホントにデリカシーないよね。一ノ瀬くんが誰を好きでもいいじゃん。そっとしておいてあげればいいのに」

「え……」

部員の言葉を聞いた瞬間《しゅんかん》、ドドッ、と鼓動《こどう》が乱れた。

一ノ瀬くんが女の子に送ったメッセージ？　一ノ瀬くんが、誰かを好き？　それにさっき、男子の誰かが「部内恋愛」って言ってなかった？

「いいじゃん、隠《かく》すなよ、一ノ瀬！」

「カノジョとラブラブなんだろー？」

あたしの心のざわつきが聞こえるはずもなく、男子たちが、ますます一ノ瀬くんを追及《ついきゅう》する。

「俺、見ちゃったもん！　おまえ、女子に『めっちゃかわいい』とか『ホレ直す』とか、メッセージ送ってたじゃん！」

「カノジョも『でしょでしょ？』とか送ってきちゃってさー」

男子たちの声が、あたしの耳をこじ開けるようにして頭に流れ込んでくる。

うそ、ウソウソ、嘘《うそ》——一ノ瀬くんが、もう誰かと付き合ってたなんて。しかも、部員の女子とだなんて。そんなことも知らないで、あたしは一ノ瀬くんに片想《かたおも》いしてたのか。

「一ノ瀬くん、誰と……」

自分で聞き取るのがやっとの声であたしがつぶやいたとき、ポンと肩《かた》を叩《たた》かれた。ビクッとして振り返ったところには、郁枝が立っていた。

「郁枝……」

「どうしたの？　えらい騒《さわ》いでるね、男子たち」

あたしが答えるより先に、「おおっ！」と声を上げたのは男子の誰かだ。

「ウワサをすれば、カノジョのご登場だ！」

「郁枝ー、一ノ瀬と付き合ってるんだろー？　コイツとメッセージ送り合ってるの、俺ら見ちゃったんだよねー」

呼吸《こきゅう》を忘《わす》れたあたしの隣《となり》で、郁枝が固まったのがわかった。

待って。どういうこと？　一ノ瀬くんが「かわいい」「ホレ直す」っていうメッセージを送っていた相手が郁枝？　それってつまり、郁枝が一ノ瀬くんと付き合ってたってこと？

「紗帆、待って。話を――」

懇願《こんがん》するように伸びてきた郁枝の手を、あたしは振《ふ》り切《き》って扉《とびら》のほうへ駆《か》け出《だ》した。今は、郁枝の顔が見られない。一ノ瀬くんと同じ空間にいることもできない。あたしは音楽室を飛び出すと、あてもなく、廊下《ろうか》を走り出した。

「紗帆、待って！」

うしろから、郁枝が追いかけてくる。それでもあたしは立ち止まらない。立ち止まったところで、どんな顔をすればいいのか、わからなかった。

郁枝は、あたしが一ノ瀬くんを好きなことを知っていた。「うまくいくよう祈《いの》ってる」と言ってくれた。「わたしじゃなくて一ノ瀬くんを遊びに誘《さそ》いなよ」と笑《わら》っていた。

「祈ってる」と言ってくれたのは、ウソだったの？　応援してくれてたんじゃなかったの？

あれはぜんぶウソで、本当はもう郁枝は一ノ瀬くんと付き合っていて、腹《はら》の底《そこ》では、あたしをバカにしてたっていうこと？　ニヤニヤ笑っていたのも、あたしの片想いがムダになることをわかっていたからだと考えたら……。

もう何も考えたくない。ただ大声で泣きたかった。

「待ってってば！」

そのとき、うしろから腕《うで》をつかまれて、あたしは立ち止まった。腕をつかんでいるのは、息を切らした郁枝だ。

「お願い、紗帆。話を聞いて」

「何を、聞けばいいの？　2人のノロケ話!?」

あたしの中で何かが弾《はじ》けた。郁枝の手を振《ふ》り払《はら》い、正面から怒鳴《どな》るように言葉を叩《たた》きつける。

「郁枝、ウソついてたんでしょ!?　一ノ瀬くんとイチャイチャ、メッセージを送り合う関係なんでしょ？　なのに、そのことを黙《だま》って、あたしに『一ノ瀬くんのこと好きだよね』なんて聞いて、応援《おうえん》するみたいなこと言って、ニヤニヤ笑ってたんだ！　あたしの気持ちが一ノ瀬くんに伝わるはずないってわかってたから！」

「違《ちが》う！　そうじゃないよ、紗帆！」

あたしに負けじと、郁枝も怒鳴《どな》り返してくる。次は何を言ってやればいいのか、混乱《こんらん》する頭で懸命《けんめい》に言葉を探していると、郁枝があたしの目の前に何かを突《つ》きつけてきた。

「これ見て。そうしたら、わたしが紗帆を裏切《うらぎ》ってないってわかるから」

目の前に突《つ》きつけられているのは、郁枝のスマホだった。郁枝は、強い光の宿った瞳《ひとみ》で、まっすぐ挑むようにあたしを見つめている。

その真剣《しんけん》なまなざしを、あたしは突《つ》っぱねることができなかった。

「これ、わたしが一ノ瀬くんとやり取りしたメッセージ。ちゃんと読んで」

そう言って郁枝が、あたしの手にスマホを押しつける。渡されたスマホはアプリのメッセージ画面になっていて、相手方には一ノ瀬くんの名前が表示されていた。

その次にあたしの目に飛び込んできたのは、思いもよらないものだった。

「これ、あたしの写真?」

見覚えのあるその写真は、先日、郁枝と買い物に行ったときに郁枝が撮《と》ってくれたものだった。どれを買うか迷《まよ》っていた服を順番に試着《しちゃく》して、郁枝に言われるがままにポーズをとって撮《と》った写真が、なぜか、郁枝から一ノ瀬くんに送られていたのだ。

郁枝：どうどう？　かわいくない？

そんなメッセージとともに。

そして、郁枝の送ったメッセージに対して、一ノ瀬くんから返事が返ってきていた。

暁：なにそれ！　かわいいんだけど。てゆーか、何やってんの。

郁枝：でしょでしょー？　今、あれこれ試着中なの。

一ノ瀬くん、喜ぶかなと思って、一応3パターン撮《と》りました。どれがお好み？（笑）

暁：ワンピースもいいけど、ピンクっぽいの好き。めっちゃかわいい。

これ着てるとこ実際に見られたら、ホレ直す。

郁枝：そう言うと思った！　似《に》合《あ》ってるよね、ピンク。

じゃあ、ピンクをオススメしておくよ。感謝《かんしゃ》してね（笑）
そんで、早くデートに誘《さそ》ってあげて！

暁：そのうちに、とは思ってるんだけどさ……

「なに、これ？　どういう……？　ていうか、いつの間に……」

頭の中がパニックだ。

一ノ瀬くんが「かわいい」って言ってたのは、「ホレ直す」って言ってたのは、郁枝にじゃなくて――

「ほーんと、ウチのブラバンには単純な男子が多くて、イヤになっちゃう」

のろのろと顔を上げると、ほとほとあきれたような郁枝の顔があった。

「きっと、一ノ瀬くんのスマホに、わたしと一ノ瀬くんのやり取りを見つけたんだろうけど、あの様子じゃ、ちゃんとぜんぶは読んでないみたいね。わたしが一ノ瀬くんと付き合ってるって誤解《ごかい》するなんて、きっと、この紗帆の写真も、わたしが一ノ瀬くんに自撮《じど》りを送ったって思ってるんじゃない？　よく見れば、紗帆だってわかるのにね」

郁枝が、大人っぽくもイタズラっぽい笑みを向けてくる。なんとも言えないその微笑《ほほえ》みに、あたしは惑《まど》わされそうになる。

「一ノ瀬くんも、さっさと弁明《べんめい》しておけば誤解《ごかい》されることなかったでしょーに、照《て》れて画面を隠《かく》しちゃったんでしょうね。そりゃ、ほかの男子にとってはいいネタだわ。このやり取りをちゃんと読めば、一ノ瀬くんが本当に好きなのは誰なのか、わかりきってるのにね？」

腕《うで》を組んだ郁枝が流し目を送ってきて、不覚《ふかく》にも、ドキリとした。そのまま鼓動《こどう》が速まって、胸《むね》がギュッと苦しくなる。切ないような、甘《あま》いような、感じたことのない苦しさだった。

「どうする？」と、郁枝が楽しそうに言った。

「一ノ瀬くんも、紗帆のことが好きだって。そのうち、デートしたいみたいだよ？」

「どうする？」と、もう一度、意地悪《いじわる》な顔になった郁枝に尋《たず》ねられて、あたしは顔を伏《ふ》せた。

顔も、手の平も、胸《むね》の中も、全身が燃え上がるように熱くて、とろとろに溶《と》けてしまいそうだった。

その涙《なみだ》は誰のもの？

好きな女の子に優しくする。それだけのことが、ガキだった俺にはできなかった。

小滝美智留《こたきみちる》。俺の同い年の幼《おさな》なじみで、初恋の相手だ。ただ、美智留のことを、俺は幼稚園《ようちえん》のころから泣かせてばかりいた。

美智留は、とにかく泣き虫《なむし》だった。そんな美智留を、俺は、ミミズを持って追いかけては泣かせ、ビックリ箱をしかけては泣かせ、おやつのプリンを横から略奪《りゃくだつ》しては泣かせていた。そのくせ、美智留が俺以外の誰かが原因《げんいん》で泣いているのを見たときは、ひどく落ち着かない気持ちになった。

好きな女の子を泣かせることでしか接点《せってん》をもてないガキだったのに、その子をひとり占《じ》めしたいというイビツな衝動《しょうどう》だけは、いっちょまえに持ち合わせていた。だから、よけいにタチが悪くて、俺はますます美智留を泣かせることばかりして、勝手に満足していた。マジで、ロクでもない。

転機《てんき》が訪れたのは、小学校5年生のときだった。そのころ、クラスの女子の間で派手《はで》な消しゴムが流行《はや》っていた。「レインボー消しゴム」とかいうやつで、使っていくうちに消しゴムが削《けず》れて、虹《にじ》と同じ赤、橙《だいだい》、黄、緑、青、藍《あい》、紫《むらさき》の順に色が出てくる。しかも、色と一緒に香りも変わっていくという凝《こ》ったシロモノだった。

流行《はや》りはじめのころ、美智留は「レインボー消しゴム」を持っていなかった。欲《ほ》しいものを親にねだるということが苦手だった美智留は、クラスの女子たちが自分の「レインボー消しゴム」を見せ合って、「あたし今、黄色ー」「黄色って、レモンの香りだよね」「わたし、もう青色になったよ！」などとキャーキャー話しているのを、うらやましそうな顔で聞いていた。

あいつも、あれが欲しいのか。そう思った俺は軽い気持ちで、消しゴムを売っていそうな店に立《た》ち寄《よ》った。「レインボー消しゴム」は、1個、400円もした。小学生のおこづかいではギリギリの値段《ねだん》だったが、これを持っていないせいでアイツが仲間はずれにされて泣くようなことになったら、気分が悪い。

俺は、思いきって買った「レインボー消しゴム」を、翌日《よくじつ》、美智留に渡した。

「え、これ……『レインボー消しゴム』？　なんで？」

「欲しかったんだろ？　もうすぐ美智留の誕生日《たんじょうび》だし、やるよ、それ」

美智留の誕生日が近かったのは事実だったが、ラッピングも何もしていない――プレゼントを包《つつ》んでもらうという発想自体、当時の俺にはなかった――消しゴムを、ぽいっと渡《わた》すだけなんて、あまりにも雑すぎた。

なのに美智留は、その消しゴムをぎゅうっと胸《むね》に抱《だ》きしめるみたいに両手で握《にぎ》って、「ありがとう！」と言った。

「すっごく嬉《うれ》しい……！　大事にするね」

そう言った美智留の目には、いつものように涙《なみだ》が浮《う》かんでいた。美智留の涙なんて何十回も見たはずなのに、そのとき俺は、ひどく動揺《どうよう》した。

「なっ、なんで泣くんだよ！　欲しかったんじゃないのかよ、それ！」

「だって、嬉しくて……。ほんとに、ありがとう……」

今まで何十回も見たはずの、美智留の涙《なみだ》。でも、「ありがとう」という言葉と一緒《いっしょ》だったこのときの涙は、これまでの何十回とはぜんぜん違《ちが》って――これまでの何十回より、ずっといいなと思った。

――俺は、美智留を好きなんだ。

この日、俺は初めて、美智留への恋心《こいごころ》に気づいた。

美智留とは同じ中学で3年間を過ごし、高校は別になった。それでも、幼なじみの関係は続き、たまに2人で出かけることもあった。俺はデートのつもりだったけど、美智留がどう思っているのかは、ずっと聞けなかった。

美智留の泣き虫は、少しも変わらなかった。恋愛映画を観《み》ては泣き、捨《す》てられている子猫《こねこ》を見つけては泣き、俺が貸《か》したマンガを読んでは泣いていた。そんな泣き虫な美智留だからこそ、俺は「好き」の一言を伝えられなかった。

もしも俺の告白が、美智留を困《こま》らせて、泣かせてしまったら？　そして、泣きながら「ごめん」なんて言われたら？　そう考えると、「好き」のたった一言は、俺の中でしだいに重たくなっていった。

子どものころはあんなに美智留を泣かせていたのに、今は、美智留を泣かせることが、何よりも怖《こわ》い。だから俺は、この先も、きっと美智留に告白なんてできない。それでも、美智留のことを誰よりも近くで見ていられるなら、と、俺は自分を納得させて高校生活を過ごしていた。


「――え？　転勤《てんきん》？」

「あぁ。春から、フロリダに行くことになった」

父親の言葉に、俺は空中を見つめた。

フロリダ。海外には行ったことがないが、それがアメリカの州だということはわかる。アメリカの、どのあたりだったっけ……と、俺が考えていたときだった。

「慧人《けいと》も、春からあっちの学校に通うんだぞ」

一瞬《いっしゅん》、何を言われたのかわからなかった。

「えっ、なんで!?　いきなりアメリカの学校とか無理に決まってんじゃん！」

「大丈夫《だいじょうぶ》だ。日本人も広く受け入れてるハイスクールがあるから」

「そうじゃなくて！　じゅ、受験とか……。俺の受験は、どうすんだよ！　来年から2年だし、そのうち大学のこと考えないといけないだろ!?」

「来年が2年生だからこそだ。今からなら、アメリカの大学に進むことも視野《しや》に入れられる」

どこまでも淡々《たんたん》と返してくる父親に、俺は心底《しんそこ》ムカついた。隣《となり》では母親が、「アメリカの食生活は太りやすそうだから、気をつけないとねぇ。ハンバーガーとかピザとかなんでしょ？」なんて言って、のんきに笑《わら》っている。

——大事なのは、そこじゃないだろ！

「アメリカなんて、俺はイヤだから！　単身赴任《たんしんふにん》すればいいだろ？」

「慧人、そんな寂《さび》しいこと言わないでよ……」

「だったら、母さんは父さんと一緒《いっしょ》に行けばいいよ。でも、俺は行かない。日本に残る」

「バカを言うな。高校生を１人で残して行けるわけないだろう」

こちらに顔を向けた父親の目が厳《きび》しく吊《つ》り上《あ》がっているのを見て、俺はグッと反論《はんろん》をのみこんだ。この目になった父親に逆《さか》らえた試《ため》しは、子どものころから一度もない。「子どもを１人で残して行けない」という主張は、きっと、一般的には正しい親の反応だろう。

慧人、と、母親がそっと背中《せなか》に触《ふ》れてきた。その手にも、俺は逆《さか》らえなかった。

こうして俺は半年後、日本で高校2年生になる前に、アメリカに渡《わた》ることになった。俺が通う高校には折《おり》を見て両親が伝えたが、美智留には、俺から話そうと思いながら、なかなか切り出せなかった。だって、こんなことを伝えたら、あいつは絶対に泣く。自分のせいで美智留を泣かせることだけは、したくなかった。

だから、伝えたくない。それでも、伝えずに行くなんてことも、できそうにない。相反《あいはん》する気持ちに翻弄《ほんろう》された俺は、美智留と顔を合わせるのを避《さ》けるようになった。子どものころの俺は好きな子をイジメるひねくれ者だったが、高校生になった俺は、好きな子を避《さ》けるヘタレだ。

そんな冬のある日、俺は高校からの帰り道で、たまたま美智留と出会った。「あっ」という2人の声が重なり、視線が重なり、そこからの帰り道も重なる。顔を見るのも、並《なら》んで歩くのも、久しぶりだ。

「なんか、久しぶりだね。慧《けい》ちゃんと、こうやって話すの」

「あ、あぁ、そうだな」

2人分の靴《くつ》音《おと》だけが、妙《みょう》に大きく聞こえる。美智留と2人で歩く道が、こんなに不安だったことはない。

「慧ちゃん、何かあった？」

そう尋《たず》ねられた。もう限界だった。

俺は歩きながら、美智留に、春になったら父親の転勤《てんきん》でフロリダに引っ越すことを話した。帰国がいつになるかはわからないことも、もしかしたらアメリカの大学に進学するかもしれないことも……。美智留に、今度いつ会えるのか、わからないことも。

話している間も、話し終わってからも、俺は隣《となり》を歩く美智留の顔を見られなかった。今、美智留に泣かれたら、自分でアメリカ行きを白紙に戻《もど》す力のない俺は、どうしたらいいのかわからない。

「フロリダって、アメリカだよね……」

途方《とほう》もない距離《きょり》を噛《か》みしめるような美智留のつぶやきに、ドキリとする。その声が、いつ涙《なみだ》に揺《ゆ》らぐかと、俺がますます不安になったときだった。

「それなら、ハンバーガーもピザも食べ放題だね。よかったじゃん！」

思ってもみなかった言葉を聞いて、俺は、ぱっと美智留の顔を見た。

美智留は、泣いてなんかいなかった。美智留の瞳《ひとみ》は夕焼けを映《うつ》してキラキラと輝《かがや》いてはいたものの、そこに涙《なみだ》はなく、そればかりか、口もとにはどこか楽しげな微笑《ほほえ》みさえ浮《う》かんでいた。

何かが俺の胸の奥《おく》に爪《つめ》を立てた。

俺は勝手だ。泣くところを見たくなかったのに、いざ美智留が泣かないのだとわかると傷《きず》つくなんて……。ひねくれ者で、ヘタレで、ワガママな自分に嫌気《いやけ》がさす。

それでも俺は、たった今、自分の心の奥にできた傷に知らないフリはできない。

いつの間に、美智留は泣き虫じゃなくなったんだろう。ああ、それとも、俺がアメリカに行くと伝えても、次はいつ会えるかわからないと言っても、美智留にとっては大したことないというだけなのか。美智留にとって、俺は「その程度」の存在だったのか。

「じゃあ、またね、慧ちゃん。英語、しっかり勉強しないとダメだよ！」

そう言った美智留が手を振《ふ》りながら、家の中に入っていく。うん、そうだな、と、俺は上の空で手を振《ふ》った。バタン、と美智留が後ろ手に玄関《げんかん》のドアを閉《し》める。もう、目は合わなかった。

「……そっか。そうだな。こんなもんだよな、初恋なんて」

俺のつぶやきは冬空にかすんで消えて――その冬の終わりに、俺はアメリカに引《ひ》っ越《こ》した。

＊

「住めば都」というのは、あながちウソでもなく、俺は自分で思っていたよりずっと早く、フロリダの生活に慣《な》れていった。でもそれは、「早く慣れて、日本でのあの出来事を忘れてしまおう」という意識が、どこかにあったからなのだろう。

でも、俺のつたない英語では、まだまだ意思疎通《いしそつう》ができないことのほうが多くて、そのたびに俺は、誰かさんに言われた「英語、しっかり勉強しないとダメだよ」という言葉を思い出して、一人で苦笑《くしょう》する。まったく、最後の最後によけいな「呪《のろ》い」をかけてくれたものだ。

そんな「呪い」をかけてくれた張本人とは、たまに連絡を取り合っているが、なんせ時差があるので、あまり頻繁《ひんぱん》ではない。それに、離れ離れになるまでは毎日のように会っていたからか、こうやって離れたときに何を話せばいいのか、俺にはよくわからなかった。こんなこと、わざわざ地球の裏側《うらがわ》から話すことでもないよな、という抑制《よくせい》が勝手に入ってしまうのだ。

――というのも言《い》い訳《わけ》で、本当は、美智留とやり取りすることで美智留に会いたくなってしまうのが怖《こわ》くて、考えないようにしているだけ。いろんな意味で、初恋というのは危《あや》ういものなんだなと、半年前の日本に置いてきたはずの気持ちに、俺はため息をついてみたりする。

「レインボー消しゴム」みたいに、記憶《きおく》も自分の行いも、いいにおいと一緒《いっしょ》にきれいに消してしまえたら楽なのにな、なんてガラにもないことを思って、俺はリビングのソファに寝転《ねころ》がると、クッションを顔の上にのせた。

「もう、慧人ったら。ゴロゴロしてないで、たまには部屋の片《かた》づけでもしたら？」

「いいじゃん、べつに。俺の部屋なんだから」

「部屋の乱《みだ》れは心の乱れっていうでしょ。もう、知らないわよ？」

ぶーぶー言いながら母親が掃除機《そうじき》をかけ続ける、土曜の午後。父親は今日も仕事で留守《るす》にしているが、なんの予定もない俺は１日ダラダラしようと決めていた。掃除《そうじ》なんか絶対しない。

決意とともに、俺は母親がかけまくっている掃除機の音を無視《むし》して、ソファに横になり続けた。

キンコーン、と玄関のベルが鳴ったのは、それから数分後だった。しかし、いまだ神経質《しんけいしつ》そうに掃除機《そうじき》をかけ続けている母親には、ベルの音が聞こえなかったらしい。

「ったく……」

仕方なくソファから身を起こした俺は、玄関に出た。

アメリカ式の挨拶《あいさつ》は、出てこなかった。言葉という言葉が、その瞬間《しゅんかん》、俺の頭からすっぽ抜《ぬ》けた。

えへへー、と、玄関《げんかん》の外に立っていた人物が笑《わら》う。

「来ちゃった」

マンガみたいなセリフを口にして、美智留が、ぺろりと舌を出した。

「え、なんで……。え？」

「わたし、こっちに留学することにしたんだ。この秋から」

「留学……？」

バカみたいに、言葉が出てこない。まばたきするのを忘れていたことにやっと気づいて、目をこするのが精《せい》いっぱいだった。

そんな俺を見て、ひどくなつかしい顔でふっと笑って、美智留が話し始める。

「じつはわたし、高2の秋からアメリカ留学したいなって、ずっと考えてたの。でも、そのことを慧ちゃんに話したら、わたし、寂《さび》しくて心細くて泣いちゃいそうで、言えなくて……。でも、黙《だま》って留学することもできないし、どうやって切り出そうってずっと悩《なや》んでて、それでつい、慧ちゃんを避《さ》けちゃってた。あのときは、ごめんね。わたし、よそよそしかったでしょ」

「あ、うん……。いや、そんなこと！」

そんな返事しか、今の俺にはできなかった。

つまり、俺が引っ越しのことを話せずに美智留を避《さ》けていたのと同じ時期に、美智留は俺に留学のことを話せずに、俺を避けていたということらしい。タイミングがよかったと言うべきか、悪かったと言うべきか。

「それでね、ちょうどわたしが悩《なや》んでたときに、慧ちゃんからアメリカに引《ひ》っ越《こ》すって話を聞いたの。そのときわたし、こう思ったんだ。あぁ、これが運命っていうやつなんだって」

――運命。美智留が夢見るように口にした言葉を、胸《むね》の中でそっとなぞってみる。

運命。不思議《ふしぎ》と、悪くない気がしてきた。

「フロリダも、留学先の候補《こうほ》に入ってたから、すぐ決めた。でも、慧ちゃんのこと驚《おどろ》かせたくて、言わなかったんだ。おばさんが、協力してくれたの」

「え？　母さん、美智留が留学してくること知ってたの？」

思わぬ「共犯者」が身近にいたことに、俺は衝撃《しょうげき》を覚えた。母さんが知っていたということは、きっと父さんも知っていたんだろう。もしかしたら今ごろ、ニヤニヤしながら仕事をしているかもしれない。なんて大人たちだ。

「子どものころから、わたしばっかり驚《おどろ》かされてきたから、仕返《しかえ》しだよ」

そう言って、美智留がピースサインを作る。衝動的《しょうどうてき》にその手をつかみそうになった自分の手を、俺はなんとか体の横でこらえた。たぶん、意識がそっちに集中してしまったのが、いけなかった。

「あれあれ？　どうしたの、慧ちゃん。泣いてるの？」

熱くなってきた目頭を、美智留がずいっとのぞきこんでくる。美智留のにおいが近づいて、あわてて俺は顔をそむけた。

「うるさい、泣いてない。泣くわけないだろ、美智留じゃあるまいし」

「えぇー、ホントかなぁ？」

しかし、そむけた顔を美智留はしつこく追いかけてくる。俺が逃《に》げ続《つづ》けていると、そこへ、奥《おく》から母さんが出てきた。「あら、美智留ちゃん！　無事に着いてよかったわー」なんて言っているから、本当に、美智留がやってくることを知っていたんだろう。

あろうことか、俺を見ておもしろそうに笑った母さんは、こんなことを言ってきた。

「だから、部屋の片づけをしなさいって言ったのに」

まったく、なんて大人たちだ。

でも、美智留が運んできてくれた風に、心を満《み》たす甘酸《あまず》っぱい香りがまじっていたから、もうそれだけで、何もかも許《ゆる》せてしまう。


「——ずっと、会いたかった」


それは俺自身の声だったのか、美智留の声だったのか。

べつに、どっちでもいい気がした。

バイバイ、初恋。

大人になったとき、「初恋は中1だった」と、あたしは思い出すことになるんだろう。

中学に入って同じクラスになった、木崎一馬《きざきかずま》くん。出席番号順に机《つくえ》が並べられた1年2組の教室で、木崎くんの席は廊下《ろうか》に近い列の一番うしろ。あたしの席は、そのすぐ左隣《ひだりどなり》だった。

「杉野《すぎの》さんだよね？　オレ、木崎一馬。今日からよろしく！」

ニカッと笑った木崎くんが、そう言って右手を差し出してきた。ドギマギしながらその手を握《にぎ》ると、さらに強くギュッと握り返されて、ますますドギマギしてしまった。

ただ、木崎くんの手はとても温かくて、右も左もわからない中学生活に感じていた不安が、いくらか、あたしの胸《むね》の奥《おく》でほぐれた。

その日から、あたしと木崎くんは、「お隣さん」になった。中学校は小学校より、格段《かくだん》に教科書や副教材が多い。そのため、慣《な》れるまでは忘れ物をする生徒も多かったのだけど、なかでも、木崎くんはとくに忘《わす》れ物《もの》が多いタイプだった。

「あれ？　英語の教科書、カバンに入れたはずなんだけどなー」

「え？　今日って歴史の資料集、使う日だったの？」

「うっわー……。今日、体育じゃなくて、保健なんだっけ!?」

みんなが授業に慣《な》れて、忘《わす》れ物《もの》が減るころになっても、木崎くんの忘れグセは変わっていないみたいだった。違《ちが》うクラスの生徒から借りることもあるようだったけど、「交渉《こうしょう》」するのが面倒《めんどう》なのか、「杉野さん、横から見てもいい？」と、あたしの教科書をのぞくことも多かった。

そして、教科書や辞書を見せてあげたときには、いつも決まってお菓子《かし》をくれた。個包装《こほうそう》のクッキーとか、チョコとか、チューイングガムとかを、どこからともなく取り出して手渡《てわた》してくれるのだ。忘れ物は多いのに、そういうところは律儀《りちぎ》だった。

そんな社交的な木崎くんだから友だちは多くて、よくクラスの男子たちと話をしながら大笑いしていたり、サッカー部の男子たちと部活時間外でもサッカーをしていたり、いつも生き生きとしていた。何人かの女子たちとも早々に打ち解けたみたいで、あたしが気おくれして入っていけないキラキラ系の女子グループにも、臆《おく》することなく話しかけていた。しかも、追《お》い払《はら》われることもなく、女の子用のピンでとめられた前髪《まえがみ》を指さしながら、「やってもらったー」と笑顔で戻《もど》って来るから、本当にコミュ力が高い。

木崎くんは、「みんなの木崎くん」だった。ニカッと笑えば誰とでもすぐに打ち解けることができて、どんな話題にも入っていく。

だけど授業中は、あたしの「お隣《となり》さん」の木崎くんだ。廊下側の一番端《はし》の列の席である木崎くんには、右隣の「お隣さん」がいない。だから、教科書を忘れたときには、あたしが見せてあげるしかない。そのときだけは、あたしは誰よりも木崎くんと近くなれる。こっそり話をすることもあるし、問題を解けない木崎くんに教えてあげることもある。

「いやー、今日も助かった！　杉野さん、頭いいんだね。さっきの問題、オレひとりじゃ絶対わかんなかったもん」

「そんなことないよ。公式さえ覚えちゃえば、きっとすぐ解けるようになるよ」

「オレが忘《わす》れっぽいの知ってるでしょ？」

そう言われて、思わず、ぷっと吹《ふ》き出《だ》してしまう。すると木崎くんが、「お、ウケた？」と楽しそうにあたしの顔をのぞきこんできて、あたしの胸《むね》はキュンと鳴ってしまう。

恋に音があることを、あたしは木崎くんに出会って、初めて知った。

でも、木崎くんに告白する勇気なんて、あたしにはない。「好き」と伝えることを想像しただけでも心臓が爆発《ばくはつ》しそうになるのに、その告白を拒絶《きょぜつ》されたら、きっと、あたしはもうこの教室に通えなくなってしまう。告白を拒絶されても、木崎くんが「お隣《となり》さん」であることは変わらない。フラれたあともその関係が続くなんて、あまりにも気まずすぎる。

だから、居心地《いごこち》のいい「お隣さん」関係が壊《こわ》れる可能性があるとわかっていながら木崎くんに告白することは、あたしにはできない。

告白できるとしたら、この学年が終わるときだ。2年生になるときはクラス替《が》えがあるから、きっと、木崎くんとは離れ離れになる。そうなったら、フラれたあとに同じ教室で気まずくなることはない。

だから、あと半年、あたしはこの気持ちを温めておく。そのときがきたら、どうやって想いを伝えるか、今のうちにきちんと自分の言葉にしておこう。あたしは、そう決めた。

――なのに、どうして恋の神様は、こんなイジワルをするんだろう。

「……え？　引《ひ》っ越《こ》し？」

あたしが呆然《ぼうぜん》と返したつぶやきに、木崎くんが「うん、そう」と、軽い口調で答えた。その口調も、表情も、ふだんと何ひとつ変わらないせいで、もしかしたら冗談《じょうだん》なんじゃないかという気がしてくる。そんなところへ、木崎くんは続けた。

「じつはこの前、山口のばあちゃんが入院してさ。買い物に出かけて、階段から落ちて足の骨《ほね》を折って、救急車《きゅうきゅうしゃ》で運ばれたんだって。まぁ、もう退院したんだけどね」

「そうだったんだ……」

なんて言葉をかけたらいいのか、とっさにわからなくて、あたしは黙《だま》りこんだ。

大変だったね。お気の毒に。心配だね。言葉はいくつも浮《う》かんだけれど、どれも、口先だけな気がしてしまう。結局、何も言えずにいると、木崎くんが珍《めずら》しくため息をついた。

「骨はもうくっついてるんだけど、まだ足が痛《いた》むらしいんだよね。そのせいで、ばあちゃん、すっかり気落ちしちゃってさ。母さんも心配して、ばあちゃん、今まで１人で暮《く》らしてたんだけど、同じ家で一緒《いっしょ》に住んだほうが安心なんじゃないかって話になったんだ」

頬杖《ほおづえ》をついた木崎くんが、もうひとつ、ため息を落とした。そっか……と言いながら、あたしの頭はパニックを起こしている。それでも、どうしても聞いておきたかった。

「いつ、引っ越すの？」

「来月の最初の土曜日。おかげで今、家じゅう散らかってるよ」

笑いながら、木崎くんが言う。その言葉があまりにも衝撃《しょうげき》的《てき》で、目の前が真っ暗になった。

そのとき、授業開始のチャイムが鳴った。「おっと」と、チャイムに反応した木崎くんが、自分の席に座《すわ》り直《なお》す。今日は木崎くんより、あたしのほうが授業に集中できなさそうだ。

木崎くんが、山口に行っちゃう。山口のおばあさんと一緒《いっしょ》に暮《く》らすために……そのために、この町を離れてしまう。

山口県までどれくらいの距離《きょり》があるのか、具体的な数字をあたしは知らないけれど、中学生のあたしにとっては、あまりにも遠い距離だ。行くとしたら新幹線《しんかんせん》とか、飛行機を使う距離だろうけど、とにかく、自分のおこづかいでは行けないことはわかる。

――もう、木崎くんに、会えなくなる。

胸《むね》の奥《おく》でつぶやいた瞬間《しゅんかん》、その胸《むね》の奥《おく》が、ズキンッとひどく痛《いた》んだ。

引っ越すのは、来月の最初の土曜日だと言っていた。もう、2週間も残されていない。

誰かが国語の教科書を音読している。でも、その内容は少しも頭に入ってこなかった。

木崎くんに告白なんてできないと思っていた。するとしても、学年が終わるとき。フラれても気まずくない時期にならなければ、言えるはずがない。だから、そのときまで想いを伝える言葉を温めておこうと思っていた。半年後の春まで、時間があるはずだった。

それがまさか、あと2週間しか木崎くんとクラスメイトでいられないなんて。半年かけて、ゆっくり温めておこうと思っていた言葉は、まだうまく、あたしの中でまとまっていない。

今の気持ちを伝えるのはやめるという選択《せんたく》だってある。でも、それでいいの？　と、もう一人の自分が言う。誰かも言っていた。「行動して後悔《こうかい》するよりも、行動せずに後悔するほうが、より大きなシコリとなって心に残るのだ」と。

それは、少し悲しい。この切なくて、くすぐったくて、少し甘《あま》い想いを、後悔《こうかい》という醜《みにく》いシコリに変えてしまうのはイヤだ。

——だから、あたしは決めた。木崎くんに、あたしの気持ちを伝えよう。木崎くんに会えなくなるとわかった瞬間《しゅんかん》に胸《むね》が痛《いた》んだのが、今のあたしの一番正直な気持ちだから。

木崎くんにどう伝えるか、あたしは必死に考えた。

これまで半年間、木崎くんと「お隣《となり》さん」だったことが、すごく楽しくて嬉《うれ》しかったこと。

誰とでもあっという間に打ち解けてしまう木崎くんを、すごいなって思っていたこと。

いつの間にか、「お隣《となり》さん」の垣根《かきね》を越えて、好きになっていたこと。

遠く、山口に引《ひ》っ越《こ》しても、ずっと元気でいてほしいこと。

振《ふ》り返《かえ》ってみれば、伝えたいことは多すぎるくらいあって、うまくまとまらない。でも、あんまりダラダラと話すのはよくない気がする。肝心《かんじん》なことだけを短い言葉で伝えたほうが、相手の心にはまっすぐ届《とど》くに違《ちが》いない。そう思って、あたしは懸命《けんめい》に言葉を練《ね》り上《あ》げた。

でも、そのあとにも問題は待《ま》ち構《かま》えていた。言おうと決めた言葉を、木崎くんに伝えることができなければ意味はない。でも実際は、言わなければ、伝えなければと思うほど、木崎くんの顔が見られなくなり、ノドも舌《した》も凍《こお》りついたみたいに動かなくなってしまうのだ。

きっと、そのたびに不自然な態度になっていたのだろう。「どうしたの?」と、何度か木崎くんに尋《たず》ねられてしまった。そのタイミングで、「じつはね……」と告白してしまうという選《せん》択《たく》もあったかもしれないけど、みんなのいる教室でそんな大胆《だいたん》なことはとてもできなくて、結局は「なんでもないの！　昨夜、寝《ね》るのがちょっと遅《おそ》かったから、眠《ねむ》くて……」とか、適当なことを言ってごまかすばかりだった。

そんなことを繰《く》り返《かえ》しているうちに、あっという間に2週間が過ぎてしまった。

「じゃあ、バイバイ、杉野さん」

金曜日、木崎くんが手を振《ふ》って、教室を出て行こうとする。これが、本当に最後だ。

「きっ、木崎くん！」

裏返《うらがえ》る寸前《すんぜん》の声で呼《よ》びかけると、あたしに背中《せなか》を向けかけていた木崎くんが立ち止まって「ん？」という顔を向けてきた。

「えっと……あのね……」

ドッ、ドッ、ドッ、ドッ……と速まる鼓動《こどう》をなんとか鎮《しず》めようと、制服の胸《むな》もとを握《にぎ》りしめる。それでも、心臓《しんぞう》は黙《だま》ってくれない。今度は、胸《むね》を押さえる手が小刻《こきざ》みに震《ふる》え始《はじ》めた。

「杉野さん？　どうしたの？」

目をのぞきこまれるように尋《たず》ねられて、もう、心臓が限界だった。

「ううん、ただ……。明日の引っ越し、気をつけてね」

それだけを言って、手を振《ふ》り返《かえ》す。

木崎くんは「ありがと」と笑って、軽い足取りで教室を出て行った。

「あたしのバカ……」

下ろした手と一緒に、しぼんだ声がポロリと落ちていった。


家に帰ったあたしは、勉強机に突《つ》っ伏《ぷ》したまま動けなくなった。あれだけ言おう言おうと思っていたのに、気持ちを伝えるって決めたのに、いざ木崎くんに見つめられると、何も言えなくなってしまった。

告白なんてしたら、困《こま》った顔をするかもしれない。「ごめん」って言われてしまうかもしれない。そんなことばかりが頭をよぎって、ノドと舌《した》を凍《こお》りつかせてしまう。

「やっぱり、あたしには告白なんてムリだったんだ……」

うつぶせたままつぶやいた言葉は、行き場をなくして机《つくえ》の上を転がっていた。

――本当に、伝えないままでいいの？

そのとき、もう1人の自分の声が聞こえた。

――行動したあとよりも、行動しなかったあとに感じる後悔《こうかい》のほうが大きいんじゃなかったの？　自分の恋を、醜《みにく》いシコリに変えてしまうのはイヤだと思ったんじゃなかったの？

「……そうだ」

そっと顔を上げると、目の前で、もう1人の自分が笑顔で強くうなずいたように見えた。

言葉ではムリでも、文字でなら、木崎くんへの気持ちを形にできるかもしれない。あたしは机《つくえ》の引き出しからレターセットを取り出して、ペンをつかんだ。あとは、夢中《むちゅう》で自分の気持ちをつづった。だけど何度も文章に迷《まよ》って、書いては消して、消しては書いて、それを繰《く》り返《かえ》しているうちに便せんが汚《よご》れてしまったので取《と》り換《か》えて、書き直しては、また間違《まちが》えて……。

試行錯誤《しこうさくご》した文章は、結局、とてつもなくシンプルなところに落ち着いた。でも、書き終わるころには夜の10時を回っていた。今から渡《わた》しに行くことはできない。

明日、引《ひ》っ越《こ》し業者が来るのは昼の11時だと木崎くんが教えてくれたから、その前に、家に直接、届《とど》けに行こう。そう決めて、あたしはベッドに入った。

翌朝《よくあさ》。書き上げた手紙を持って、あたしは家を出た。木崎くんの家は団地で、あたしの家から自転車で20分ほどのところにある。10時に家を出れば、十分、木崎くんたちが出発する前に間に合うはずだ。あたしは夢中で自転車を走らせた。

そして、木崎くんの住む団地が見えた。近くに、引っ越し業者のトラックは見当たらない。きっと、木崎くんはまだいるはずだ。そう祈《いの》りながら、木崎くんがいるはずの部屋に向かう。

「あった……」

308号室、まだ「木崎」の表札《ひょうさつ》が出ている。それを見た瞬間《しゅんかん》、心臓《しんぞう》がキュウっと縮《ちぢ》こまった。自転車をこいできたせいでも、3階まで階段を上ってきたせいでもない。でも、ここまできて手紙を渡《わた》さずに帰るなんてことはできない。しちゃいけない。

そのときだった。あたしが呼《よ》び鈴《りん》を押《お》す勇気を振《ふ》り絞《しぼ》るより先に、扉《とびら》が内側から開いた。段ボールの箱を抱《かか》えて出てきた女性と目が合って、「あら？」と首をかしげられる。

「もしかして、一馬のお友だち？」

きっと、木崎くんのお母さんだろう。引っ越し作業のためか、長い髪《かみ》をうしろでひとつに縛《しば》って、軍手《ぐんて》をはめている。あたしのお母さんより、少しだけ年上に見えた。

「は、はい……！　クラスメイトの、杉野といいます……」

「ちょっと待っててね」

木崎くんのお母さんが、部屋の奥《おく》に向かって「一馬ー！」と声を飛ばす。すぐにやって来た木崎くんの顔を見た瞬間《しゅんかん》、また、ギュッと心臓《しんぞう》をつかまれたような心地がした。

木崎くんのお母さんは、抱《かか》えていた段ボール箱を玄関《げんかん》の外に置くと、部屋の奥に戻《もど》っていった。扉《とびら》が開いたままの玄関《げんかん》で、あたしは木崎くんと向かい合う。

「ごめんね、忙《いそが》しいときに押《お》しかけちゃって……」

「ううん、ぜんぜん。もうほとんど終わってるし。あ、もしかして見送りに来てくれたの？」

笑顔になってそう言った木崎くんが、即座《そくざ》に「なんちゃって」と舌《した》を出す。その仕草《しぐさ》にまで胸《むね》が高鳴ってしまう。でも、もう二度と、あたしは言葉をのみこまない。

「うん、そう。見送りにきたの。それから、これを渡《わた》したくて」

大事に大事に持ってきた手紙を、あたしは、木崎くんに渡した。

「手紙？　え、わざわざ書いてくれたの？」

封筒《ふうとう》を受け取った木崎くんが、驚《おどろ》いたふうに目を丸くする。ドキン、ドキン……と速まる鼓《こ》動《どう》を、今日はもう恐《おそ》れない。

「ほんとは、もっと早く伝えたかったんだけど、なかなか言葉にできなくて……。だから、ギリギリになっちゃったけど、手紙にしたの。読んでもらえたら嬉《うれ》しい」

「もちろん、読むよ。えー、手紙とかもらったの、年賀状《ねんがじょう》以外で初めてかも。ありがとう」

「返事とか、わざわざ送ってくれなくていいから！　引っ越したあとも忙《いそが》しいだろうし……」

勇気を使《つか》い果《は》たして声がモゴモゴくぐもってきたとき、木崎くんのお母さんがそっと奥《おく》から顔を出した。

「ごめんね、邪魔《じゃま》しちゃって。一馬、そろそろ出られる？」

「あ、うん。大丈夫《だいじょうぶ》」

お母さんに答《こた》えてから、あたしに向き直った木崎くんは、「先に母さんと、自分ちの車で出るんだ」と教えてくれた。やっぱり、少し早めに来て正解だった。

「じゃあ、手紙、ありがと。またね」

「うん、また。気をつけてね」

優しい「またね」を、きっと、あたしは忘れないだろう。

そのあと、お母さんの運転する自家用車で去っていく木崎くんを、あたしは見送った。

――今まで言えなかったけど、ずっと、あなたが好きでした。

あれだけ悩《なや》んだのに、結局、手紙に書いたことは、たったそれだけ。ほかの言葉はどれも余《よ》分《ぶん》なものに思えた。それに、あたしが今一番伝えたいことは、その一言だけで届《とど》く気がした。

たとえ、届《とど》いた瞬間《しゅんかん》にかなわず消えてしまう想いだとしても。

「バイバイ。あたしの初恋」

そう言えるだけ、あたしは強くなったから。

＊

木崎くんを見送った翌日の日曜日は、さすがに何もする気力が起きなかった。家族は心配していたけど、「友だちと、ちょっとね」という言葉で、勝手に何かを察《さっ》してくれたらしい。そっとしておいてくれるのが、ありがたかった。

この失恋の痛《いた》みは、しばらくあたしにつきまとうのだろう。でも、月曜からは今までどおり学校に通わなければならない。もしかしたら日常が、痛みを薄《うす》れさせてくれるかもしれないし。

「よし。大丈夫《だいじょうぶ》。行こう」

パシパシと手の平で軽く頬《ほお》を叩《たた》いて、あたしは学校へ向かった。

教室に入れば、金曜日まで「お隣《となり》さん」だった木崎くんはいなくなっている。ぽっかり空いた右隣《みぎどなり》の席を、しばらくの間は寂《さび》しく感じるのだろう。そう思っていた。

「あ。おはよー、杉野さん」

なのに、そこには金曜日までと同じように、木崎くんが座《すわ》っていた。

「えっ、なん……！　えっ!?」

「どうしたの、杉野さん？　ユーレイでも見たみたいな顔して」

ユーレイ。あながち、間違《まちが》いとも言えない。だって、いるはずのない人が、あたしの目に見えているのだから。

「おばあさんの家に引《ひ》っ越《こ》したんじゃなかったの!?」

「引《ひ》っ越《こ》したよ。……あっ！」

キョトンとしていた木崎くんが、まさかという顔になる。

「もしかして杉野さん、オレが山口県に引っ越すんだと思ってた？」

「え、うん……。だって、『山口のおばあさん』って……」

「うっわ、ごめん！　オレ、言葉足らずだった！」

ガタッと席を立った木崎くんが、両手を合わせてあたしに謝《あやま》ってくる。あたしは何を謝られているのかわからないまま、目を白黒させながら木崎くんの言葉を待った。

「違《ちが》うんだ。『山口のばあちゃん』の『山口』って、苗字《みょうじ》の『山口』なんだ。母さんの旧姓《きゅうせい》なんだけど、父さんのほうのじいちゃん、ばあちゃんと区別するために、ウチではずっと、『山口のばあちゃん』って呼《よ》んでてさ……。オレの住んでたあの団地から、車で30分くらいのところに住んでたんだ」

「車で、30分……？」

そんなに近かったの？　てっきり、新幹線《しんかんせん》や飛行機を使って行く場所だと思っていたのに。

「でも、一緒に住んだほうが安心だって話になって、じゃあどこで同居《どうきょ》するかっていうことになったんだけど……オレらが住んでたのは団地だから、足の悪いばあちゃんには暮《く》らしにくいし、一緒に住むとなると手狭《てぜま》だよねって話になってさ。ばあちゃん家《ち》も、だいぶ古くなってたしね。だからいっそ、もうちょっと広くてバリアフリーになってるところに引っ越して、一緒に住もうってことになったんだよ」

……なに、それ。なにそれ、なにそれ、なにそれなにそれ――

「ぜんぶ、あたしの早とちり……？」

ぐわんっと、頭の中が大きく揺《ゆ》れて、自分の机《つくえ》に思わず両手をついた。

たしかに、木崎くんが山口県に引っ越すことになっていたなら、担任の先生から説明とか、木崎くんから別れの挨拶《あいさつ》みたいなことがあってもよかった。そういうものが一切《いっさい》なかったことに今になって気づくなんて、あたしはどこまでもバカだ。

そして、木崎くんとはお別れなんだと勝手に思いこんで、ショックを受けて、最後に気持ちを伝えようと手紙まで書いて――

――ずっと、あなたが好きでした。

口から悲鳴が飛び出しそうになった。ぼぼぼっと顔が熱くなって、頭から湯気《ゆげ》が出そうだ。

もうムリ。恥《は》ずかしくて死んじゃいそう。

「ごめっ……あたしちょっと――」

とにかく今は木崎くんの前から消えよう。そう思って教室を飛び出そうとしたのに――木崎くんが、それをさせてくれなかった。

「待って!」

ぐいっと体をうしろに引っぱられる感覚があって、そうするしかなくなって立ち止まる。

おそるおそる振《ふ》り返《かえ》ると、木崎くんの手が、あたしの腕《うで》をつかんでいた。

――ダメ、ダメダメダメダメダメ、本当に心臓がもたないからっ!

そう思った矢先、つかまれたままの手に何かを握《にぎ》らされた。

「『わざわざ返事は送らなくていい』って、昨日言ってたでしょ。だから、オレも直接渡すよ」

その言葉の意味するところを、あたしは手を開いて知る。

木崎くんから渡《わた》されたのは、ノートの端《はし》をちぎったような紙で――そこに、木崎くんのものらしいメッセージアプリのIDと、電話番号が書かれていた。

「え、これ……」

ぼんやりと顔を上げると、そこに木崎くんの顔があった。朝なのに、まるで夕陽を浴《あ》びているみたいに真っ赤に染《そ》まった、木崎くんの顔が。

「オレ、忘れっぽいのは言葉も一緒で、ときどき言葉が足りてないとこあるから……。でも、これからはちゃんと、杉野さんともっといろいろ話したいなって……。オレの言葉、もっと聞いてほしいなって、思ったんだ。それに、杉野さんの言葉も、もっと聞かせてほしいなって」

「え、えぇっ？」

今まで見たことのない木崎くんの表情に、どう返事をしたらいいのかわからなくなる。まるで、インフルエンザにかかって高熱が出たときのように頭の中がグルグルして、猛烈《もうれつ》に熱くて、立っているのがツラい。

でも、これはインフルエンザなんかじゃない。きっと、もっとステキな病《やまい》だ。

ふわふわした頭で、あたしは懸命《けんめい》に宣言《せんげん》する。

――「バイバイ初恋」は、撤回《てっかい》します!!

贈《おく》り物《もの》の秘《ひ》密《みつ》

——決戦《けっせん》は、バレンタインデー。そう決めていた。

「こっ、これ、受け取ってくださいっ！」

心臓《しんぞう》の音に負けないよう声を張りながら、坂井知奈美《さかいちなみ》は、自分でラッピングしてきたチョコレートを両手で差し出した。

一方、差し出されたほうの男子、秦野雅紀《はたのまさき》は頬《ほほ》を赤く染《そ》め、とまどいの表情を浮《う》かべていた。

知奈美はそれを、まともに見ることができない。まずは、受け取ってもらえるかどうかだ。

やがて、秦野雅紀の指先が、おずおずと、知奈美の差し出すチョコレートに伸《の》びた。

「えっと、その……。あ、ありがとう……」

動揺《どうよう》を隠《かく》せない様子でそう言いながら、それでも秦野雅紀は知奈美の手から、チョコレートを受け取ってくれた。まずそのことに、少しでも気を抜《ぬ》けば涙《なみだ》がこぼれそうなくらい、知奈美はほっとする。

「あ、あのね！　ここのチョコレートショップのチョコ、すごくおいしくてね！　ラッピングは、自分でしたんだけど……味は、わたしの手作りじゃないから、大丈夫《だいじょうぶ》！」

言ってから、アピールとしては微妙《びみょう》だったと気づいてあわてる。しかし、秦野雅紀は気にとめたふうもなく、かすかに笑《わら》うと、知奈美から受け取ったチョコレートを顔の横に持ち上げた。

「ありがとう。いただくよ」

その笑顔を見た瞬間《しゅんかん》、知奈美の胸《むね》がキュンと切ない音を立てる。

決心してよかった。心から、そう思った。


その夜、知奈美は満《み》たされた気持ちでベッドに入った。しかし、気持ちが高揚《こうよう》して、すぐには眠《ねむ》れそうにない。知奈美はスマホを手に取ると、ＳＮＳを眺《なが》めることにした。学校の友人たちの投稿《とうこう》に目を通し、順番に「いいね」を押《お》していく。今日の夕焼けの写真、放課後にカフェで食べたパンケーキの写真、昼寝中の猫《ねこ》の写真、デート中の自撮《じど》り写真——と、次々に写真をスクロールしていた知奈美は、その指をふいに止めた。がばりと身を起こし、スマホの画面を食い入るように見つめる。

「え、これ……」

深いブルーの包装紙《ほうそうし》に、まるで、バラの花が咲《さ》いたような特徴的《とくちょうてき》な形の赤いリボン。さらに〝For You〟と書かれたハート形のタグもついている。

間違《まちが》いない。それは、どうしてもほかの女子たちと差をつけたくて、知奈美が自分で買いそろえてラッピングした――今日、秦野雅紀に贈《おく》ったチョコレートだった。

SNSには、チョコレートの写真と一緒に、こんな文章も掲載《けいさい》されていた。


――今日、女子からもらったバレンタインチョコ。

メッチャうまかった‼　最近食べたチョコの中では一番！

ラッピングも、女子力すごい。


アカウント名はもちろん〝Hatano-M〟だ。

「秦野くん、喜んでくれたんだ……！」

感動にも近い熱い感覚が、じわーっと知奈美の胸《むね》を満《み》たした。チョコレートは口に合ったようだし、試行錯誤《しこうさくご》したラッピングも、彼の印象に残ったらしい。

やっぱり、決戦をバレンタインにしたのは正解だったんだ！

喜びのあまりにじむ涙《なみだ》を、知奈美はこらえきれなかった。


秦野雅紀のあの投稿《とうこう》は、「脈《みゃく》アリ」の証拠《しょうこ》なのではないだろうかと知奈美は考えた。なんの興味もない女子や、嫌《きら》いなタイプの女子からもらったチョコレートに、わざわざ「うまかった」「女子力すごい」なんてコメントを添《そ》えて、投稿なんてしないだろう。

——もしかしたら、わたし、秦野くんの彼女になることだって夢じゃないかも？

そう思ったら、がぜん、ヤル気が湧《わ》き起《お》こってきた。

秦野雅紀とは同学年だが、クラスが違《ちが》う。知奈美が雅紀に恋をしたのは、陸上部の彼が颯爽《さっそう》とグラウンドを駆《か》ける姿《すがた》が、あまりにも絵になっていたからだ。つまり、知奈美が一方的に雅紀を意識しているだけで、雅紀は自分のことを知らない。そんな関係でいきなり告白したところで、特別美人でもない自分は、きっとフラれてしまうだろう。

だから、まずは自分のことを意識してもらおうと思ってチョコを渡《わた》すだけにしたのだが——

それだけでも、今世紀最大の勇気が必要だったわけだが——こうなると、欲が出てくる。

もっと、彼に自分のことを意識してもらいたい。できることなら、好きになってもらいたい。

そのために起こすべき次の行動を考えた知奈美は、バレンタインデーから3日後の放課後、グラウンドに立っていた。

グラウンドでは、陸上部が練習中だ。そのなかには、秦野雅紀の姿《すがた》もある。

「やっぱり、カッコいいなぁ……」

美しいフォームでグラウンドを駆《か》け抜《ぬ》ける雅紀に、知奈美はうっとりとした視線を送り続けた。好きな人の姿《すがた》は、どれだけ見ていても飽《あ》きることがない。もしかしたら、こっちを見てくれるかも。目が合うかも。そんな期待で、自然と胸《むね》が高鳴ってしまう。

もしも自分が雅紀の「彼女」になれたら、「彼氏」に声援《せいえん》を送って、それに気づいた雅紀がこちらを向いて、さわやかな笑顔で手を振《ふ》り返《かえ》してくれたりなんかしちゃって——と、知奈美の脳内《のうない》でますます妄想《もうそう》が膨《ふく》らみ始めたとき、ホイッスルが鳴った。知奈美の妄想を制《せい》したわけではなく、陸上部の練習の終わりを告《つ》げるホイッスルだ。

そのホイッスルに合わせて、知奈美は駆《か》け出《だ》した。

「秦野くん！　お疲《つか》れさま」

「あ、こないだの……」

秦野雅紀が、あごに流れた汗《あせ》を手の甲《こう》でぬぐいながら、目を大きくした。知奈美の顔を覚えていたらしい。それだけで、知奈美は地面から足が数センチ浮《う》き上《あ》がったような心地《ここち》になる。

「あの、これ……よかったら、汗ふくのに使って！」

そう言って、知奈美は雅紀にスポーツタオルを差し出した。もちろん、このために買ってきたものだ。雅紀は一瞬《いっしゅん》、ためらう素振《そぶ》りを見せたものの、すぐに「ありがとう」と言って知奈美の手からタオルを受け取った。白と水色のストライプ柄《がら》のタオルの感触《かんしょく》を確かめるように、雅紀が何度か、布地《ぬのじ》を手でこする。

「これ、肌触《はだざわ》りいいね。吸水性《きゅうすいせい》もよさそうだ」

「うん。そう思って、それにしたの。いっぱい使ってくれたら、嬉《うれ》しいな」

それから二言三言会話して、雅紀の前から立ち去るときになっても、まだ足は地面から浮《う》いているような心地《ここち》だった。

そして、その夜、知奈美は〝Hatano-M〟のSNSに、同じスポーツタオルの写真がアップされているのを発見した。


——チョコをくれた女子からの差し入れ。めちゃくちゃ汗《あせ》を吸《す》ってくれて快適《かいてき》！

　手放せなくなりそうな予感。


これは、もっと押《お》していけばイケるかも!?

そう直感した知奈美は、それからも秦野雅紀に「差し入れ」を続けることにした。

部活終わりにクッキーや飲み物を届《とど》けたり、底冷《そこび》えのする日にカイロを渡《わた》したり。そして、そのたびに雅紀は、知奈美が贈《おく》ったものを写真に撮《と》って、コメントと一緒にSNSにアップしてくれた。

ここまですれば、さすがに、こちらの好意には気づいているだろう。プレゼントしたものを紹介してくれているということは、少なからず、プレゼントを喜んでくれているということだ。そろそろ雅紀のほうも、自分に対して好意をもってくれているかもしれない。

これで、準備は整った。告白するなら、きっと今だ。

知奈美は、最終決戦に臨《のぞ》む決意を固めた。

最終決戦は、卒業式も間近に迫《せま》った、ある日の放課後だ。また、部活終わりの雅紀に会いに行って、そこで告白するつもりだった。成功率が少しでも上がるようにと、クッキーを胸に抱《だ》いて教室を出る。これまでは既製品《きせいひん》を包《つつ》んで渡《わた》していたが、今日は、初めての手作りだ。告白には、特別感があったほうがいい。

下駄箱《げたばこ》に着いた知奈美は、いそいそと上履《うわば》きを靴《くつ》に履《は》き替《か》えて、グラウンドに出ようとした。

そのとき、見覚えのある色が視界の端《はし》をかすめた。

とっさに顔を動かした知奈美は、それを見て、目をしばたたかせた。白と水色のストライプ。肌触《はだざわ》りと吸水性《きゅうすいせい》のよさそうな生地は、知奈美が真剣《しんけん》に選んだものだから、間違《まちが》いない。秦野雅紀に贈《おく》った、あのスポーツタオルだ。

「あっ、あの！」

校舎《こうしゃ》の外に向かおうとしていた、そのタオルの持ち主に、知奈美は声をかけていた。

「え？　俺？」

しかし、知奈美の声に振《ふ》り返《かえ》ったのは、秦野雅紀ではない。たまたま同じタオルを持っていただけだろうか、と、その男子生徒が首にかけているタオルをまじまじと見つめてから、もう一度、知奈美は男子生徒の顔を見た。

そのとき、ふと既視感《きしかん》を覚えた。しかし、それがなんなのか、うまく言葉にできない。目の前にいる男子生徒を、ただただ、じっと見つめてしまう。そんな知奈美の視線に、居心地《いごこち》悪そうに男子生徒が身じろいだ。

「あの、なんなんですか？」

「あ、ごめんなさい。あなたのタオル、わたしがある人にプレゼントしたものと似《に》てるなぁって思って。似てるっていうか、同じものかも。秦野くんっていうんだけど」

「え？　俺ですか？」

「は？　何が？」

単純な会話のはずなのに、なぜか噛《か》み合《あ》っていない。

その違和感《いわかん》を解《と》きほぐそうとした知奈美は、想像もしていなかった「答え」にたどり着くこととなった。

陸上部の練習が終わり、秦野雅紀が汗を手《て》の甲《こう》でぬぐいながら、歩いてくる。途中《とちゅう》で、知奈美が待っていることに気づいたらしい。知奈美のところまでやってきて、「また来てくれたんだね」と話しかけてくる雅紀の顔には、かすかな笑《え》みが浮《う》かんでいた。

その微笑《ほほえ》みを、知奈美は、雅紀のほっぺたごとひっぱたいた。

雅紀の顔から微笑みが消し飛び、寒風《かんぷう》にこすられたせいでもなく赤くなった頰《ほほ》だけが、寒空《さむぞら》の下に鮮《あざ》やかだ。

雅紀の顔を殴《なぐ》ることになるだなんて、バレンタインデーのころは想像もしていなかった。彼に対する恋心が跡形《あとかた》もなく消え去るなんてことも、まったく思ってもみなかった。時間を追うごとに好きになっていったはずなのに、今は、時間を追うごとに彼に失望している。

「最低。あんなふうに、気持ちを踏《ふ》みにじるなんて！」

出会い頭《がしら》に殴《なぐ》られ、ののしられた秦野雅紀は、目を白黒させながら知奈美の顔を見た。

「えっ、どういう――」

「どういうことなのか、秦野くんが一番よくわかってるわよね。『答え合わせ』が必要なら、してあげるけど」

そう言って、知奈美は秦野雅紀をにらんだ。

「秦野くん。わたしがプレゼントしたチョコも、タオルも、クッキーも、ぜんぶ弟さんにあげてたんでしょ？」

その瞬間《しゅんかん》、秦野雅紀が息を飲みこんだのがわかった。

だますなら、徹底的《てっていてき》にだまさないとダメだ。そんな中途半端《ちゅうとはんぱ》な気持ちでだまそうとするなんて、秦野雅紀は、自分の行為の先に待ち受けている可能性をナメすぎている。せめて最後に、そのことを教えてあげるのが、なけなしの親切だ。

「さっき下駄箱《げたばこ》の前で、わたしがあなたにあげたはずのタオルを持ってる男子がいたの。思わず声をかけたら、その人、秦野くんの弟さんだった」

――わたしがある人にプレゼントしたものと似《に》てる……秦野くんっていうんだけど。

――え？　俺ですか？

あのときの会話は、ある意味では噛《か》み合《あ》っていた。つまり、さっき知奈美が声をかけた男子生徒も「秦野くん」だったのだ。

「瑞貴《みずき》くんっていうんでしょ？　一学年下の弟さん。さっき、お話ししてきたの」

核心《かくしん》への距離《きょり》をジリジリと詰《つ》めてゆく知奈美から、とうとう秦野雅紀は目をそらした。そのあごから、ぽとりとひとつ、汗がしたたる。部活による汗《あせ》ではない気がしたが、それでも知奈美は「答え合わせ」を続けた。

「瑞貴くん、ぜんぶ話してくれたよ。お兄さんが、『女子からもらったものだけど自分はいらない』って言って、チョコやタオルやクッキーをくれたって。それで、瑞貴くんはそれを、さも自分がもらったもののようにSNSにアップしたんだって。わたしはそれを見て、秦野雅紀くんが、わたしの贈《おく》ったプレゼントを紹介してくれてるって勘違《かんちが》いしちゃったの。『雅紀』と『瑞貴』、兄弟そろって〝Hatano-M〟なんだもん。わたしも舞《ま》い上《あ》がっちゃって、すっかり引っかかっちゃった。恋をしても、浮《う》かれてばかりじゃダメね」

知奈美の口から出た「恋」という言葉に、雅紀がわずかに指先を震《ふる》わせた。知奈美はそれに気づいたが、そのことに舞《ま》い上《あ》がれる時期は、もう過ぎた。これで、本当に終わらせる。

「瑞貴くん、彼女がほしかったのね。『女子からもらった』っていって、頻繁《ひんぱん》に写真をSNSにアップすれば、彼女がいるリア充《じゅう》だって思わせられるって考えたみたい。まったく、兄弟そろって……。だますならもっと徹底的《てっていてき》にやりなさいよ。人の気持ちをもてあそばないで！」

「ごめん、本当に……」

その言葉を、もう少し早い段階で聞ければ、何かが違《ちが》っただろうか。一瞬《いっしゅん》、そんなことを知奈美は考えた。

バレンタインにチョコをあげたときや、部活終わりに差し入れを渡《わた》したときに、「ごめん、受け取れない」と断《ことわ》ってくれていれば、秦野雅紀に対してヘタな希望や期待をもたずにすんでいたかもしれない。

でも、それはそれで知奈美はきっと傷《きず》ついた。どちらの傷が浅くすんだのかは、今の知奈美にはわからない。ただ、今回の傷は理不尽《りふじん》だったと思うだけだ。

「安心して。さっきのビンタが、秦野くんへの最後の贈《おく》り物《もの》。もう何も贈らないから」

そう言い放って、知奈美はくるりと秦野雅紀に背《せ》を向けた。ぴんと伸《の》びた背中は、ここ数日で一番軽く感じる。

卒業式間近の放課後は、まだ寒い。でも、暖《あたた》かい放課後がやってくるころ、きっと新しい出会いがわたしを待っているに違《ちが》いないと、知奈美は信じることにした。

きみと、手をつなげたら……

手くらい、どうして簡単《かんたん》につなげないんだろう。

けっして大きくはない自分の手をじっと見つめながら、小山弘希《こやまひろき》はため息をついた。

弘希には、1ヵ月前に付き合い始めたばかりの彼女がいる。北川心春《きたがわこはる》というクラスメイトで、もう、とにかくかわいい。くりっとした瞳《ひとみ》と小さめの鼻はチャーミングで、丸いフォルムのボブカットがよく似合《にあ》っている。自分と同じ中学2年生の女の子を「少女」というのが正しいのかどうかは微妙《びみょう》なところだが、まさに純真《じゅんしん》な「少女」のような雰囲気《ふんいき》をまとった心春に、弘希は、どんどんひかれていった。

こんなにかわいい心春なら、きっと、たくさんの男子が好きになる。うかうかしている場合じゃない。そう思って、告白した。告白するときは心臓《しんぞう》が止まりそうなくらい緊張《きんちょう》したが、弘希の告白を聞いた心春は顔を真っ赤にして、「わたしでよければ……」とうなずいてくれた。

そのときの表情も最高にかわいくて、こんな表情、ほかの男に向けられなくてよかったと心底《しんそこ》思った。

付き合い始めて、弘希はますます心春のことを大好きになった。何度かデートもして、学校では見られない心春の表情を見つけるたびに、どんどん好きになってゆく。

——手をつなぎたい。

それはきっと、ごくごく自然な気持ちだと思う。大好きな彼女と手をつないでデートなんて、想像するだけで弘希の心は躍《おど》った。しかし、躍る心にはいつも臆病《おくびょう》さがくっついていた。

今日こそは、と決意してデートに出かけても、いざ手をつなごうとすると、緊張《きんちょう》で動けなくなってしまう。汗《あせ》ばんだ手で心春に触《ふ》れることもためらわれて、結局、指一本触《ふ》れられないままだ。

はぁ……と、弘希はもう一度、自分の頼《たよ》りない手の平に、しめった吐息《といき》をこぼした。

「どうすればいいんだろ……」

とぼとぼと、朝の廊下《ろうか》を教室へと向かう。弾《はじ》けた声が聞こえてきたのは、教室に着く直前だった。

「それでね、今週の土曜日、たっくんと動物園に行くんだー」

「たっくんって、こないだ話してた、例のイケメンくんでしょ？　いいなー、デート」

「えへへー。久しぶりに会うから、すっごく楽しみ！　せっかくだし、早起きしてお弁当《べんとう》作ろうかな。たっくん、わたしの作るハンバーグがお気に入りなんだー」

そう言って、ふたたび心春が「えへへ」と笑《わら》う。かわいい。彼女のまわりは365日が「春」だ。あんなにかわいい子が自分の彼女だなんて信じられないくらいラッキーだと弘希は思う。

――でも、「たっくん」って誰《だれ》!?

弘希の背中《せなか》を、だらだらと汗《あせ》がつたう。クラスの女子と「たっくん」の話をしている心春は本当に嬉《うれ》しそうで、「すっごく楽しみ」という言葉が本音であることは一目瞭然《いちもくりょうぜん》だった。あんな、とろけるような心春の表情を、弘希はまだ知らない。

――誰なんだよ、心春にこんな顔させる男って！

「おっす、弘希！　何やってんの？」

だらだらと汗《あせ》の流れる背中を、バシンッと背後《はいご》から叩《たた》かれた。「うわっ！」と声を上げた弘希を、叩《たた》いた友人が見開いた目で見つめる。

「なんて顔して突《つ》っ立《た》ってるんだよ」

「あ、いや、べつに……！」

弘希がしどろもどろになったところへ、あ、と心春が顔を向ける。

「おはよう、弘希くん！」

「あ、お、おはよう……」

にこっと笑《わら》って手を振《ふ》ってきた心春に、ついつい弘希も手を振り返す。それを見た友人が「朝からイチャイチャしやがって！」と、首に腕《うで》を絡《から》めてきてうっとうしい。今は、それどころではないのだ。

——「たっくん」が何者なのか、突《つ》き止《と》めないと……！

自分の頼《たよ》りなさを振《ふ》り払《はら》うように、弘希は手の平をギュウッと強く握《にぎ》りしめた。

心春が「たっくん」と訪《おとず》れようとしている動物園は、この町から一番近い動物園であることを、弘希はそれとなく聞き出していた。

「なんかさっき、心春と動物園の話、してなかった？　じつは俺も、そのうち心春を誘《さそ》いたいなって思ってたんだけど、同じところに誘《さそ》っちゃマズいと思って……」

あのとき、心春と「たっくん」の話をしていたクラスメイトにそう尋《たず》ねると、あっさり教えてくれたのだ。もちろん、自分が「たっくん」を警戒《けいかい》していることは悟《さと》られないよう、細心《さいしん》の注意を払《はら》っておいた。

そうやって突《つ》き止《と》めた動物園に、本当は、日曜の開園時間前から張りこむつもりでいたのだが、前日の夜、「たっくん」がどんな男なのか悶々《もんもん》と考えてしまったせいで寝《ね》つけず、気づけば日曜日の青空に太陽が昇《のぼ》り、開園時間を過《す》ぎていた。

それもこれも「たっくん」のせいだ、と八《や》つ当《あ》たり気味に憤《いきどお》りながら、弘希は急いで動物園に向かった。時刻は、正午間近。心春は「お弁当を作る」と言っていたから、もう来園しているはずだ。

園内に入った弘希は、心春の姿《すがた》を探して回った。日曜日ということもあって、園内は家族連れでにぎわっている。なかにはカップルの姿《すがた》もちらほらまじっており、それを見るたび、弘希の心は不穏《ふおん》にざわついた。

早く、心春を見つけなければ。でも、ほかの男と一緒《いっしょ》にいる心春の姿《すがた》なんて見たくない……。

いっそ、見つけられずに終わるほうがいいんだろうか。でも、それじゃ不安は残ったままだ。

矛盾《むじゅん》した気持ちを持《も》て余《あま》しながら、弘希は、うろうろと園内をさまよい続けた。動物たちの姿《すがた》も、キャッキャとはしゃぐ子どもたちの声も、今の弘希には届《とど》かない。

——心春……！

心の中で叫《さけ》んだ直後、弘希はビクリと立ちすくんだ。

ゆったりとゾウたちが歩くオリの前に立つ、その後《うし》ろ姿《すがた》だけでわかった。ショートパンツをはいた姿《すがた》は初めて見るが、丸みのあるボブカットは変わらない。心春だ。

そして、その隣《となり》には、弘希の知らない男の姿《すがた》があった。

心春と並《なら》んだ様子から推測《すいそく》できる身長は、180センチくらいだろうか。つまり、弘希より10センチ以上高い。自分はまだ中学生なんだからこれから伸《の》びるはずだが、並《なら》んだ2人の身長差に、理想と現実の差を見せつけられたような心地になった。

そのとき、隣《となり》に並《なら》ぶ心春のほうを向いた男の横顔が見えて、弘希は目を見開いた。

「めっちゃ年上じゃん……！」

その男は明らかに、中学生でも、高校生でもなかった。横顔に浮《う》かぶ落ち着きというか、余《よ》裕《ゆう》というか、その雰《ふん》囲《い》気《き》は20代後半か、もしくは30代に入っているかもしれない。とにかく「大人の男」だ。自分とは何から何まで違《ちが》うという事実を真正面から叩《たた》きつけられて、弘希は拳《こぶし》を震《ふる》わせた。

倍ぐらい年の離れたそんな「おっさん」の、どこがいいんだ。それとも、自分とはまったく違《ちが》う大人な男に、心春はひかれてしまったんだろうか。自分にはない落ち着きや余《よ》裕《ゆう》を、心春はこの男に求めたんだろうか。自分があまりにも子どもで、頼《たよ》りない「彼氏」だから……？

そのとき、心春が男の腕《うで》に手をかけた。

「ねぇ。やっぱり気になるし、行ってみようよ」

「大丈夫《だいじょうぶ》だって。もうちょっと、ここにいよう」

「もう！　マサにぃは、のんびりしすぎ！」

「え？」と、弘希の口から間《ま》の抜《ぬ》けたつぶやきがこぼれ落ちた。

——「マサにぃ」？　え、「たっくん」じゃなくて？　待って、今日は「たっくん」とデートなんじゃなかったの？　いや、デートじゃ困《こま》るんだけど！　でも「マサにぃ」って誰《だれ》？　ま

さか、こんなふうに一緒に遊ぶ男が何人もいるってこと⁉

弘希の頭がパニックでパンクしそうになったそのとき、「きゃっ！」と、心春の悲鳴が聞こえてきた。何事かと弘希が意識を引《ひ》き戻《もど》し、心春のほうを見ると――心春の足もとに、小さな影《かげ》がまとわりついている。

「ただいまっ、こはる！」

心春の顔を見上げてニッと笑《わら》ったのは、小学校に上がるか上がらないかというくらいの年齢《とし》の男の子だった。男の子にしては色白で、細い髪《かみ》は陽《ひ》に透《す》けて茶色く見える。笑《わら》った顔が、なんとも言えず無邪気《むじゃき》でまぶしい。

「おー、戻《もど》ってきたか。ほらね、心春ちゃん。こいつ、しっかりしてるから大丈夫《だいじょうぶ》だって言ったでしょ？」

「もー！　どこまでトイレに行ってたの？　なかなか戻《もど》ってこないから心配したよ、たっくん！　迷子《まいご》になったかもって思ったじゃない」

――え？　「たっくん」？

思わぬ言葉に、弘希は目を丸くした。そのとき、男の子がなんの躊躇《ちゅうちょ》もない動きで、心春の手をつかんだ。「あっち！」と、そのまま心春の手を引いて、どこかへ向かう。「ちょっと、あんまり引っぱらないでよー」と言いながらも、心春の顔はゆるみっぱなしだ。

男の子が心春を引っぱってきたのは、フランクフルトなどの軽食《けいしょく》やドリンクを販売《はんばい》しているワゴン車の前だった。その前で、男の子が心春と手をつないだまま、「ソフトクリームたべたい！」と声を上げる。

「ぼく、じぶんで買う！　ねえ、こはる。だっこしてー」

「だめだよ、たく。小春ちゃん、たくのことだっこしたら、重いから。届《とど》かないなら――」

「だめっ！　こはるがいいの！」

追いかけてきた男性が制《せい》するのも聞かず、男の子が、ギュウっと心春にしがみつく。その様子に、弘希は動揺《どうよう》した。

――子どもだからって、無邪気《むじゃき》に心春に「だっこ」を要求するなんて……！

「わかった。じゃあ、だっこしてあげるから、ソフトクリーム買おっか」

そう言った心春が、男の子の体を抱《だ》き上《あ》げる。「ごめんねー」と謝《あやま》る男性に笑顔《えがお》を返して、心春は男の子を抱《だ》いたままワゴン車に近づいた。

ほどなく、自分の手でソフトクリームを買った男の子は、ご満悦顔《まんえつがお》でそれを食べ始めた。すると、途中《とちゅう》で心春にソフトクリームを差《さ》し出《だ》し、「いいの？」と微笑《ほほえ》んだ心春が、それをペロリとなめる。

「あっ！」

とうとう我慢《がまん》の限界を超えた弘希の口から、大きな声が飛び出した。

それに気づいた心春と男性が、同時に弘希に顔を向けた。ふだんからくりっとした心春の目が、ますます真ん丸にみはられる。

「弘希くん？　なんで、ここに……？」

「あ、いや、それは……！」

不思議《ふしぎ》そうに首をかしげる心春と、あわてて弁解《べんかい》を試《こころ》みるも言葉が出てこない弘希を、心春の隣に立つ男性が交互《こうご》に見つめる。

「心春ちゃんの友だち？」

「あ、友だちっていうか……」

尻《しり》すぼみになった心春が、どこか困《こま》ったように目を伏《ふ》せるのが見えて、いてもたってもいられなくなった。もう、手をこまねいている場合ではない。

弘希は大股《おおまた》で心春のもとに歩《あゆ》み寄《よ》ると、隣《となり》に立つ男をキッとにらみつけた。どうしても見上げる形になってしまってカッコがつかないような気はしたが、気持ちなら、絶対に負けない。

「友だちじゃない。俺、心春と付き合ってるんで！」

「ちょっと、弘希くん……！」

心春の顔が、一瞬《いっしゅん》にして赤くなった。こちらは完全に虚《きょ》をつかれた顔になった男が、ふたたび心春と弘希の顔を交互《こうご》に見比べる。

しばらくして、男の満面に、ひなたのような笑《え》みが宿《やど》った。

「なんだ、心春ちゃん！　いつの間に彼氏なんてできたの？　もう、隅《すみ》に置《お》けないなぁ」

「ちがっ……。えっと、違《ちが》くもないけどっ……！」

真っ赤な顔でブンブンと手を振《ふ》る心春と、それを見てニヤニヤと笑《わら》う男を見比《みくら》べて、今度は弘希が虚《きょ》をつかれた顔になる番だった。

——なんか、反応が思ってたのと違《ちが》うけど……なにこれ？

すると、きょとん顔の弘希に気づいた男性が、「おっと」とつぶやきをこぼして、弘希に向き直った。

「はじめまして。僕、北川正尚《まさなお》っていいます。心春ちゃんからは『マサにぃ』って呼《よ》ばれてるけど、僕は心春ちゃんの叔父《おじ》なんだ。心春ちゃんのお父さんが僕の兄でね」

「え？　叔父さん……？」

「うん。で、こっちのチビは僕の息子の拓真《たくま》」

「きたがわたくまです。5さいです」

ソフトクリームを両手で持った男の子が、弘希を見上げて快活《かいかつ》にそう言った。

男の子にしては色白で髪《かみ》が細《ほそ》くて、まつ毛が長くて、鼻筋《はなすじ》がすっきりしている。あと10年もすれば、バレンタインに女子たちから大量のチョコレートをもらうような「イケメン男子」になりそうな顔立ちだ。

「えっと、つまり……？」

——心春が話していた、「イケメン」の「たっくん」っていうのは、5歳の従弟《いとこ》で……「マサにぃ」は、叔父《おじ》さんで……つまり「デート」っていうのは、親戚《しんせき》と遊ぶことをそう言っていただけで……。

「よかったぁぁ……！」

腹の底から息を吐《は》いて、弘希はその場にへたりこんだ。「えっ、ちょ、弘希くんっ？」と、あわてた心春の声が頭のてっぺんに降《ふ》ってくる。それが嬉《うれ》しいなんて言ったら、心春は気を悪くするだろうか。

「大丈夫《だいじょうぶ》？　どうしたの？」

弘希が顔を上げると、同じように腰《こし》を落としてこちらを心配そうにのぞきこんでくる心春の顔が、目の前にあった。ふわりと、心春の香りが流れてくる。こんなに心春に近づける男は、自分だけで十分だ。

「えっ!?」と、心春が驚《おどろ》いたような声を上げたが、かまわなかった。立ち上がった弘希は心春の手を強く引くと、そのまま行く先も決めずに駆《か》け出《だ》した。「おっ」という「マサにぃ」の、どこか楽しそうな声も無視《むし》する。今しかないこの瞬間《しゅんかん》を、誰にも邪魔《じゃま》されたくはない。

「マサにぃ」と「たっくん」からずいぶん離れたと思える場所で、ようやく弘希は立ち止まった。ノドに力をこめて、振《ふ》り返《かえ》る。初めて握《にぎ》った手の存在には気づいている。でも、もうおびえたりはしない。

「子ども相手に、大人気《おとなげ》なかったと思うけど！　でも俺は、ほかの男と『デートする』なんて言葉、心春の口から聞きたくない。デートは、俺だけとしてよ」

一拍《いっぱく》おいて、かぁっと心春の顔が赤くなった。弘希も、燃《も》えるように顔が熱かったが、それに負けじと、心春の手をさらに強く握《にぎ》りしめる。

そのとき、心春の小さな唇《くちびる》が、震《ふる》えるように動いた。

「手……離して……」

「え？」

「このままじゃ、お弁当《べんとう》、一緒《いっしょ》に食べられないよ」

そう言って、心春がもう一方の手に提《さ》げていたバスケットを軽く持ち上げる。そうして、はにかむように笑《わら》った。

「もう。弘希くんと食べることになるんなら、もっと本気出して作ってきたのになぁ」

「……ごめん。今度はちゃんと、一緒《いっしょ》にどこへデートするか決めてから、出かけよう。そのとき、また作ってくれる？」

「もちろん。わたしも、弘希くんともっといろんなところにデートしたいよ」

——やっとあなたが、手をつないでくれたから。
心春のそんな声が弘希の耳に届《とど》くのは、もう少し、先の話である。

before
the love spell
breaks

［音声収録・写真撮影スタッフ］

制作協力（音声収録・撮影）

LAPONE ENTERTAINMENT

写真撮影

宮坂浩見

声の出演

熊谷優花、早見天、市川実季、原千尋、岡真奈美、
遠井洋子、髙島綾乃、服部りのあ、伊藤麻衣、長岡怜香、
瀧藤慎太郎、長谷川晴哉

収録協力

秋山絵理、アミューズメントメディア総合学院声優学科、
AMGスタジオ、AMG MUSIC、
原郷真里子、横田綾乃、桃田晴子、星トモル、
石本智子（学研プラス）

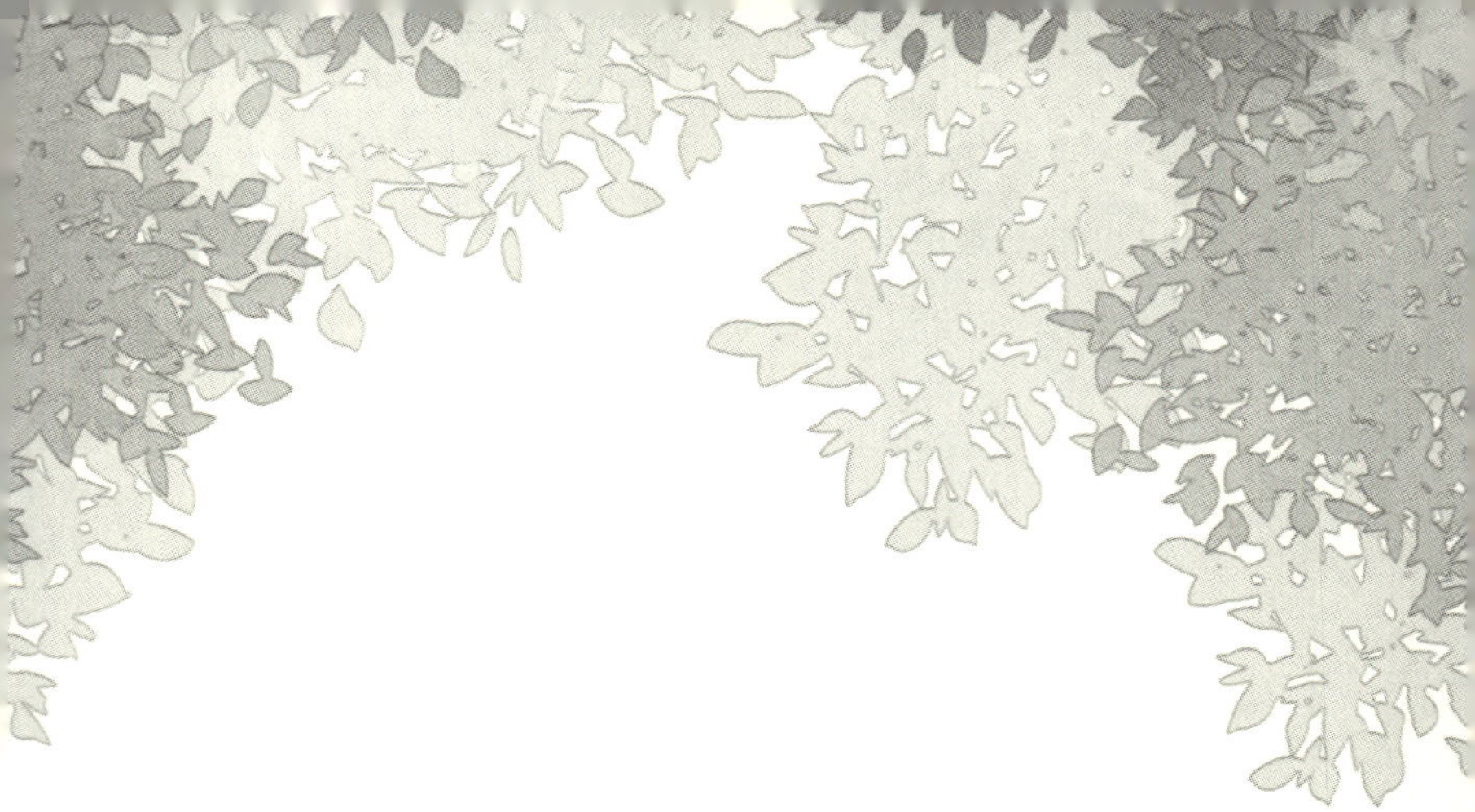

5分後に恋の魔法が解けるまで
一番星見つけた

2020年10月20日 第1刷発行

著　　者　眞波蒼
発 行 人　松村広行
編 集 人　芳賀靖彦
発 行 所　株式会社　学研プラス
〒141-8415　東京都品川区西五反田 2-11-8
印 刷 所　中央精版印刷株式会社
D T P　株式会社　四国写研

●お客様へ
【この本に関する各種お問い合わせ先】
◯本の内容については下記サイトのお問い合わせフォームよりお願いします。
https://gakken-plus.co.jp/contact/
◯在庫については　TEL03-6431-1197(販売部)
◯不良品(落丁・乱丁)については　TEL0570-000577
学研業務センター　〒354-0045 埼玉県入間郡三芳町上富279-1
◯上記以外のお問い合わせは　TEL0570-056-710(学研グループ総合案内)

学研の書籍・雑誌についての新刊情報・詳細情報は、下記をご覧ください。
学研出版サイト　https://hon.gakken.jp/

5分後の隣のシリーズ

5分後に恋の魔法が解けるまで

一番星見つけた

電子リーフレット＆音声動画アクセスページ

本ページを切り離した中に印字された「QRコード（URL）」からアクセスし、電子リーフレットや音声ドラマを楽しむことができます。

◀左の切り取り線にそって、気をつけて、ハサミなどで開封してください。

Before the love spell breaks